鯖猫長屋ふしぎ草紙(十)

田牧大和

PHP
文芸文庫

○本表紙デザイン＋ロゴ＝川上成夫

目次

水戸中納言
(水戸徳川家中屋敷)
根津権現
霊雲寺
根津門前町
甘酒屋
鯖猫長屋
忠経寺
根津宮永町
休昌寺
雪豆
松平伊豆守
(三河松平家下屋敷)
不忍池
寒松院
仁王門
東叡山寛永寺
西
北
南
東

鯖猫長屋ふしぎ草紙　絵図
根津・上野
湯島
三念寺
松平加賀守
(加賀前田家上屋
麟祥院
門前町
とんぼ
湯島天神
神田明神
立川屋
坂下町
平八宅
小西屋
大貫屋
池之端仲町
上野北大門町
上野元黒門町
見晴
下谷広小路
三橋
仁王
門前町
下谷御数寄屋町

鯖猫長屋をめぐる猫と人々

青井亭拾楽……猫専門の売れない画描き。
サバ……拾楽の飼い猫で美猫。
さくら……サバと共に暮らす子猫。
おてる……長屋を仕切る女房。
与六……おてるの亭主で大工。
おはま……拾楽にぞっこんの娘。
貫八……おはまの兄で魚の振り売り。
清吉……行商をしている小間物屋。
おみつ……清吉の恋女房。市松の母。
涼太……夏は団扇、冬は玩具を売る。もと中村座の役者。
利助……居酒屋「とんぼ」の雇われ料理人。
おきね……利助の妻で夫と共に働く。
蓑吉……犬好きの野菜の振り売り。

お智……饅頭屋「見晴屋」の主で、鯖猫長屋の家主。
長谷川豊山……人気の戯作者。
磯兵衛……根津門前町に住む老練な差配。
杉野永徳……医者を装っているが実は大盗賊の頭「鯰の甚右衛門」。
掛井十四郎……北町定廻同心。通称「成田屋の旦那」。
菊池喜左衛門……臨時廻同心。通称「二キのご隠居」。
太市……「二キのご隠居」の世話をする少年。
平八……掛井が使っている目明し。
お初……平八の女房。廻り髪結い。
久松……平八の息子。

鯖猫長屋〈見取図〉

井戸

厠
長谷川豊山
利助・おきね
養吉
与六・おてる
拾楽・サバ・さくら
清吉・おみつ・市松
貫八・おはま
お智
涼太
どぶ板
木戸
路　地

鯖猫（さばねこ）長屋ふしぎ草紙（十）

其の一　店子志願

(店子: たなこ)

サバの呟き

天という名の犬は、久し振りに会った、「関わってもいい」と思う奴だった。

物静かで、頭がいい。

やたら懐いてくるわけでもないし、無闇に喧嘩を吹っ掛けてくるわけでもない。

こちらを侮る様子も、こちらに怯える様子も見せない。

屋根の上で日向ぼっこをした時のような、お日様の匂いのする綺麗な色の毛皮も、まあまあ気に入った。

その天が、哀しそうな目をしている。

猫にしてみたら、

——そこまで思いつめることもなかろうに。なるようにしかならないぞ。

と諭したくなるような、重たい覚悟をしている。

その重たさがちょっと鬱陶しかったので、助けてやることにした。

大して、面倒なことでもない。

拾楽を顎で使えば、容易いだろう。

＊＊＊

梅雨の走り、しとしとと、音もなく降る雨は、存外濡れるものだ。

風が吹く度、小袖の裾や袂に細かな雨粒が纏わりつき、拾楽は顔を顰めた。

元義賊「黒ひょっとこ」だったこの男が「青井亭拾楽」を名乗り、「売れない猫描き画師」に収まってから、もう随分と経つ。

住み込みの奉公人でもないのに、三十歳を過ぎてなお独り者、ひょろりと生白い見てくれで、生臭嫌いの豆腐好き、面倒なことが嫌いで、飼っている筈の二匹の猫に顎で使われている。

気づくと、これが、最初から自分の本性だったようなつもりになっていて、拾楽は微苦笑を零す。

飼い猫二匹――というか、同居猫というか、ただの威張りん坊と甘えん坊というか――を外出に誘ってみたが、案の定見向きもされなかった。

一匹目は、酷く珍しい雄の縞三毛だ。名を、サバという。

少々小柄ではあるが、人間の男から見ても大層な美猫で、取り分け、榛色の目と、背中の鯖縞柄が美しい。

ただ、性分には難あり、である。

堂に入った威張りっ振りで、拾楽が暮らしている「鯖猫長屋」で誰よりも、差配よりも家主よりも、偉い。女子には甘い癖に、拾楽には平気で噛みつくし爪も立てる。

喧嘩はめっぽう強く、猫は勿論、犬でも無双、時には人間も負かす。

「鯖猫長屋」でたびたび起きる、お化けや妖怪絡みの騒動は、店子達を庇いながら、見事に収めたりもする。

近頃は、猫の皮の下に、何か別なものが隠れているのではないかと疑いたくなるほどの、猫離れ振りである。

そんな風だから、「鯖猫長屋」の連中は皆、サバのことを「大将」と呼ぶ。

二匹目は、サバの妹分、甘えん坊のさくらである。

サバと同じ縞三毛で、こちらは優しい金の目に長い尾が目を引く。

親ばかを承知で、綺麗な娘に育ったと、拾楽はついにやついているが、まだまだ子供でお転婆、サバの教えで喧嘩も強くなり、果たして嫁の貰い手があるのか、飼い主としては、気になるところだ。

ま、嫁になんざ行かなくたって、まったく構わないんだけどね。

こんな風に、拾楽は「うちの猫が一番」という飼い主なのだが、若干、片想いのきらいがあることは、否めない。

今日の外出も、そうだ。

確かに、さくらはあまり気にしないが、サバは濡れることが嫌いだ。だが、水が怖い訳でも苦手な訳でもない。恐らく、「気に食わない」ほどのことだろう。

いざとなれば、その辺りの子供よりも達者に泳ぐし、水で脅されても「それがどうした」という顔をする。実際に濡れても、恐ろしく不機嫌になるだけだ。

だから、これくらいの雨なら、ついてきてくれてもいいのに、と思わないでもない。

もっとも拾楽自身も、纏わりつくような湿気に、いささかうんざりしているのだが。

拾楽の行く先は、「鯖猫長屋」の差配、磯兵衛が一人暮らしをしている根津門前町の三軒長屋である。

今年の梅雨は蒸し暑く、今から団扇の売れ行きがいいらしい。

早々に団扇の絵付けの仕事がどっさり入ってきたので、紫陽花でも写生しようと思い立ったのだ。磯兵衛の暮らす上等な長屋の庭には、いい色の紫陽花の株があり、日当たりがいいお蔭もあって、周りに先駆け、今が見頃なのである。

忙しい磯兵衛のことだ、行き違いにならなければいいけれど。

そんなことを考えながら、長屋の木戸の少し手前で、拾楽は足音と気配を消した。

磯兵衛の部屋から、人の気配がする。ひとりは磯兵衛、もうひとりは、客か。首の後ろに、ちくちくとしたむず痒さが走った。なんだか、厭な胸騒ぎがするねぇ。「鯖猫長屋」に飛び火しなきゃあいいけど、多分無理だろうなあ。

きっと、厄介事に巻き込まれる羽目になるのだろうと半ば諦めながら、磯兵衛の部屋、二階建て三軒長屋の一番手前へ近づく。奥の部屋の店子達は、留守をしているらしい。人の気配は、磯兵衛の部屋の二人だけだ。

できれば関わりたくない。

往生際悪く考えるものの、拾楽は踵を返すことはしない。

どうせ降り掛かる火の粉なら、「どんな類の火の粉」なのか、あらかじめ承知しておいた方が、払いやすいというものだ。

改めて見ると、庭付きの二階建て長屋は普請もしっかりしていて、腰高障子からして、頑丈で贅沢だ。

「鯖猫長屋」――九尺二間、安普請の割長屋とは出来が違う。

とはいえ障子は障子、少し近づけば、拾楽の耳は、部屋の中の遣り取りを事細かに拾い上げた。

『だから、さっきから言ってるだろうが。あの長屋はだめだ』

磯兵衛が、いささか険のある声で言い捨てた。しつこいな、とでも続きそうだ。

『そこを、何とか。店賃は余分に出しますので』

食い下がったのは、男の声。歳の頃は、二十歳を二つ、三つ、過ぎているか。

磯兵衛は、自分が住まうこの長屋と「鯖猫長屋」で、差配の掛け持ちをしている。

磯兵衛の「あの」という物言いからすると、男は「鯖猫長屋」へ入りたいらしい。

そして、磯兵衛が追い払いにかかっているのなら、厄介な相手なのだろう。

お化け、妖の類に妙に好かれる「鯖猫長屋」には、怖いもの見たさで「住みたい」と言って来る奴もいる。猫にまたたびよろしく、お化け、妖の類と関わりが深い者もまた同様だ。

そういう連中は、間違いなく長屋に騒動を呼び込む。

差配にとっても、店子にとっても、厄介な相手である。

さて、この男は、どちらだろうね。野次馬か、お化け、妖の「親類縁者」か。

拾楽は考えながら、話の先を待った。

ふん、と磯兵衛が鼻息荒く言い返す。

『そういう話は受けねぇ。店賃はひとつの長屋で等し並じゃねぇと、いざこざの元になるからな』

『でしたら、店賃とは別に、差配さんに手間賃をお渡しするのでは、いかがでしょう』

『俺を怒らせてぇのか。長屋に入りてぇのか。どっちだ』

磯兵衛の脅しに、男はしれっと明るい声で答えた。

『勿論、長屋に入りたいんです』

『お前ぇさん、でっかい犬を飼ってるってぇ話じゃねぇか』

『賢いですし、大人しいですよ』

『長屋にゃあ小さな子がいる。悪いが、どんな犬でも大きけりゃ、母親が心配する』

『ですが、あの長屋でも、幾度か犬を置いていますよねぇ』

磯兵衛が、言葉に詰まったようだ。

確かにね、と拾楽は、短い間ではあるが、長屋で暮らした犬達を思い出した。

それにしても、「鯖猫長屋」のことを、よく調べている。

磯兵衛がむっつりと告げた。

『部屋に空きがねぇ』

『おや、一部屋空いていると、近所でお聞きしましたけど』

『その一部屋は、先約があるんだ』

初耳だ。

拾楽は、軽く目を瞠った。

客の男が、間髪を容れずに問う。

『どこのどなたで』

磯兵衛が、少しの間黙った。

そこまで言う筋合いはないと切り捨てようか、それとも、はっきり伝えて諦めさせようか、思案しているのだろう。

気短で忙しない磯兵衛は、迷うのも僅かな間で、すぐに『医者だ』と答えた。

ぎくり、と、拾楽の鳩尾あたりが、厭な音を立てた。

表向きは腕利きで清廉な隻眼の医者、その本性は大盗賊の頭、という込み入った男の姿が即座に浮かぶ。

あいつを「鯖猫長屋」に住まわせるくらいなら、得体の知れないその客の方が幾倍もましだ。

男が、更に磯兵衛を問い詰める。その口調は明るいが、真っ直ぐで迷いも遠慮もない。

『何と仰る先生でしょう』

『どうして、そこまで知りたい』

『そりゃあ、どこのどなたかはっきり分かれば、諦めも付きますから』

『杉野英徳先生だ』

拾楽は、ぎゅ、奥歯を嚙み締めたが、すぐに身体に入っていた力を抜いた。

少し長い間を置いて、客の男が声もなく笑う気配がした。

そっとその場を離れた拾楽の耳に、男の清々しい声が聞こえた。

『近頃評判の先生ですね。これは相手が悪い。分かりました、店子になるのは諦めましょう』

ふと、拾楽は足を止めたが、そのまま男に気づかれないよう、傘を閉じ、近くの天水桶の陰へ身を隠した。

磯兵衛の、あからさまにほっとした声が客を送り出している。

『住むとこ探してんなら、他の長屋に口利くぜ』

男は、『お邪魔しました』とだけ応じた。

すぐに男の気配が、動きだした。

天水桶の陰から、そっと窺う。丁度、天水桶から見える辻を行き過ぎたところだ。

歳は声の通り、二十二、三。色白で鼻筋は通っているものの、地味な横顔。人の目に留まりにくい、頭に残りにくい容貌というものがある。

男はまさに、そんな貌をしていた。

取り立てて薄いわけでもないのに、人々の中に紛れやすい気配。輪郭がぼんやりとしている、と言えばいいか。

何から何まで、目立たない、というところに拾楽は引っかかった。

そして、磯兵衛が「鯖猫長屋」入りを断った。

少なくとも「怖いもの見たさの野次馬」には見えないが、長屋に悪さをするような「お化け、妖」の親類縁者かどうかは、拾楽では分からない。サバが付いてこなかったサバを、拾楽はほんの少し恨んだ。サバがいれば、その辺りのことも、はっきりした筈なのだ。

そこまで考えて、拾楽は首を振った。

これくらいのことで猫を頼るとは、「黒ひょっとこ」も焼きが回りやがったか。

頭の中で拾楽をからかったのは、拾楽の正体を承知で知らぬふりをしている定廻同心、掛井十四郎か、あるいは医者の皮を被った盗人、杉野英徳か。

拾楽は、小さく息を吐いた。

少なくとも、堅気には間違いなさそうだし、物騒な気配もしなかった。今はそれで十分だろう。

客の気配がすっかり遠ざかるのを待って、磯兵衛の住まいの前に立つ。入り口の腰高障子に手を掛けて、拾楽は束の間動きを止めた。

中から、少しばかり賑やかな磯兵衛のぼやきが聞こえる。

『まったく、ああ言えばこう言う。めんどくせぇ野郎に目を付けられちまったもんだぜ。おてるに知られたら、どうなることか』

やっぱり、ね。

拾楽は、にやりと笑って戸を引き開けた。

「おじゃまします、磯兵衛さん」

磯兵衛が、面白いように狼狽えて、こちらを見た。白髪交じりでごま塩に見える眉の端が八の字の形に下がる。

「お、おお、おう、先生。どうしたい」

拾楽は、土間に閉じた傘を置き、手拭いで濡れた肩や袖を拭きながら、「上がらせていただいても」と訊ねた。

「も、勿論だよ。なんでぇ、今日は大将もさくらも留守番かい」

残念そうに、磯兵衛が訊ねる。拾楽は苦笑混じりで応じた。

「ええ、雨なので振られてしまいました。じゃ、失礼して」

軽く断り、三和土から畳の間へ上がる。磯兵衛はてきぱきと動きながら言った。

「今年の梅雨は、やけに鬱陶しいからなあ。まあ、仕方ねぇ。今茶を淹れるから、ちょいと待ってくれや」

「ああ、お構いなく。庭の紫陽花が見頃でしたら、さっと写生をさせて頂けないかと、思いましてね。団扇の仕事が入ったもんで」

てきぱきと、湯呑(ゆのみ)と勝手の七輪(しちりん)の支度(したく)をしていた磯兵衛の手が、はたりと止まった。胡乱(うろん)げな視線を、拾楽へ投げてくる。

「妙に、やる気じゃねぇか。珍しい」

拾楽は、大仰(おおぎょう)に顔を顰めた。

「失礼な。画描きの仕事は、いつも真面目(まじめ)にこなしてますよ」

ううん、と磯兵衛が唸(うな)る。

「猫の先生は、厄介事に巻き込まれてるか、大将やさくらと遊んでる方が多い気がするけどなあ」

拾楽は、猫ばかり描いている画師で、知己(ちき)からは「猫の先生」だの「猫屋」だのと、呼ばれている。

「本気で首を傾(かし)げないでください。厄介事は、巻き込まれたくて巻き込まれてる訳じゃあ、ありませんよ」

磯兵衛が、「違(ちげ)ぇねぇ」と笑った。

埒(らち)もない遣り取りをしながら、磯兵衛はあっという間に、湯を沸(わ)かして番茶を淹れ、湯呑を拾楽の前に置いた。

「こりゃ、どうも」

礼を言って、そっと啜る。

喉を通る茶の熱さが、湿気も、濡れた冷えも払ってくれるようだ。

ずず、と景気のいい音を立て、番茶を啜っている磯兵衛へ、拾楽はさらりと切り出した。

「で、今度はどんな厄介事なんです」

ぴくりと、ごま塩の眉が震えた。

「どうした、長屋で何かあったかい」

ふふ、と拾楽は笑った。我ながら、人の悪い笑みだ。

「惚けたって駄目ですよ。つい先刻、帰って行った御客人です」

「何、家移りする長屋を探してるって、な。『鯖猫長屋』は、もう一部屋しか空いてねぇから、断ったよ」

ありったけのさりげなさを掻き集めて、拾楽は訊ねた。

「確か、先約がおいでとか。でも、英徳先生が、ねぇ。いつもとは違う大騒動になりそうですが」

拾楽は、敢えて水を向けた。冷えた頭で考えれば英徳が「鯖猫長屋」へ家移りしてくることはないと、すぐに分かる。

英徳は「清廉で高邁な医師」を演じている。拾楽に対して何か企んでいるとしても、診療所から離れて長屋へ引っ越してくるはずがないのだ。

あれは、一度始めたら、とことんまで突きつめる、そしてそれを楽しむ性質の男だ。

恐らく、磯兵衛は苦し紛れの言い訳として、あの客が諦めるくらいの大人物で、長屋に縁のある医者の名を出したのだろう。

案の定、磯兵衛が、けろりと答える。

「ああ、ありゃあ、ただの方便だ」

相変わらず、こういうところは、人がいいと言うか、迂闊と言うか、わきが甘いと言うか。

拾楽は、人の悪い笑みを深めた。

「ほほう。やはり、あの客人を追い返したかった、と。方便を使ってまで、ねぇ。ふぅん」

しまった、という風に、磯兵衛は視線を泳がせた。

拾楽は、ほんの少し身を乗り出して、磯兵衛の顔を覗き込んだ。

「ああいう、地味で人の目に留まりにくい、頭にも残りにくい奴ってのは、曲者が多いんですよねぇ。そう思いませんか、磯兵衛さん」

磯兵衛は、やり手の差配だ。人を見分けることには長けている。

ふう、と吐いた溜息には、諦めが混じっていた。

よし、もう一押しだ。

「あたしに茶を濁したって、何の得にもならないでしょう。どうせいざ騒動になったら、その始末をあたしに押し付けるんだから」

磯兵衛は、まじまじと拾楽を見つめた後、こんどこそ降参、というように「そりゃ、そうだ」と頷いた。

拾楽が、訊く。

「あの男、何者です」

「元拝み屋だよ、口寄せのな」

腹を括った磯兵衛の言葉には、淀みがない。

「おや、そいつは厄介な」

口寄せとは、成仏できずにさ迷っている魂を、自分の体に乗り移させ、話をさせる拝み屋だ。本物だろうが、いかさまだろうが、お化け、妖の騒動にうんざりしている店子達は、元とはいえ、口寄せの拝み屋が長屋に来るとなれば、穏やかではないだろう。

それより前に、店子が出て行かないよう長屋の平穏(へいおん)を保(たも)つことに心を砕(くだ)いている、長屋の纏(まと)め役のおてるが、家移りを許さない。

店子の半分が減る、長屋取り壊(こわ)しの話が出る、小火騒(ぼやさわ)ぎ——。大抵(たいてい)の長屋の危機には、お化け、妖が絡んでいるのだから。

「おてるさんの、般若(はんにゃ)のような顔が目に浮かびますよ」

げんなりと、磯兵衛が肩を落とした。

「やっぱり猫の先生も、そう思うかい」

男は、佑斎(ゆうさい)と名乗っている。今は「札書(ふだか)き屋」に商(あきな)い替えをしているそうだ。大きな犬を連れて、家移りしたいという話である。

湯呑に残っていた番茶を、ぐい、と飲み干し、磯兵衛が呟いた。

「あの野郎が『鯖猫長屋』に執着する理由(わけ)は分からねぇが、あそこまで言やあ、諦めただろう」

拾楽は、首を傾げた。

「さあ、どうでしょうか」

「おい、猫の先生」

「あのお人、佑斎さんでしたか。たしか、こう言っていましたよね。店子になるのは諦めましょう、と」

磯兵衛が、はっとした顔をした。

拾楽が、苦笑を磯兵衛に向ける。

「他の手を使って、『鯖猫長屋(うち)』に絡んでこなきゃ、いいですが」


拾楽の見立ては、当たった。

磯兵衛と話した次の日、梅雨の晴れ間が気持ちのいい八(や)つ過ぎ、佑斎が「鯖猫長屋」へ、白に銀鼠(ぎんねず)の交じる、美しい毛色の大きな犬を連れ、やってきたのだ。

まず、拾楽とサバが気配を摑(つか)んだ。続いて、さくらが「玩具(おもちゃ)の来訪」に、そわそわし出した。

拾楽はさくらを抱き上げ、自分で腰高障子を開けて出ていったサバに続いて、外へ出た。

佑斎が、木戸のすぐ外で大きな犬に、何やら言い聞かせている。

「天、ここで待っていておくれ。大人しくするんだよ。お前が賢いことも、人に悪さをしないことも分かっているけど、ここには小さな子がいるんだ。ちょっと吠(ほ)えただけで、怖がらせてしまうかもしれないからね」

犬の背には、旅仕度の振り分け荷物のようなものが、括られている。

その声に、拾楽の隣で暮らしているおてるが、やってきた。

「知ってるのかい」

さくらを撫で、サバの挨拶を受けながら、おてるは拾楽に小声で訊いた。

「ううん、知ってますが知り合いじゃあない、ってとこでしょうか」

「なんだいそりゃ。相変わらず回りくどいね」

これは、昨日磯兵衛から聞いたことを話しておかないと、後で叱られそうだ。

拾楽はそう踏んで、小声の早口でおてるに伝えた。

「元口寄せの拝み屋で、今は札書き屋だそうです。昨日、長屋に家移りしたいと言うのを、磯兵衛さんに断られてました。名は、佑斎さん」

案の定、おてるの目が、剣呑な光を纏った。

「冗談じゃないねぇ」

「まったくです」

応じた拾楽を、おてるは物珍しそうに見た。

「珍しく、やる気じゃないか」

「やる気って何です」

「追い出す気満々だってことさ」

やれやれ、と拾楽は、なで肩を更に落とした。

「あたしは、穏やかに済ませたいんですけどねぇ、おてるさん」

「人聞きの悪い事言わないどくれ、あたしはいつだって穏やかじゃないか」

思わず咽せそうになったのをどうにか堪え、拾楽は苦笑いを浮かべた。

「まあ、早々に追い出すことに、否やはありません」

「そうかい、助かるね」

この男、「鯖猫長屋」のことを、店子ひとりひとりまで、しっかり調べている。

八つ刻と言えば、魚屋の貫八と野菜の振り売りの蓑吉、朝が早い商いの男達は、商いが上手くいけば帰って来る頃だし、居酒屋で働く利助、おきね夫婦は、そろそろ出かける支度をしている頃だ。豊山は大抵部屋に籠もっている。まだ小さな息子、市松がいるおみつも長屋にいることが多い。そして皆、物見高い性分である。

対して留守をしているのは、いつもよりも早く売り時が来たため、大忙しの団扇売り、涼太と、仕事を終えるにはまだ早い大工の与六、八王子向けの売り物を仕入れに行っている行商の清吉、それから引く手あまたの通い女中をしているおはまの四人。清吉を除く三人は、札やら呪いやらに、あまり関心がない性質だ。

与六は何事にも動じないし、涼太も人ならぬ者が視える性質のせいで、傍目には与六と同じように見えている筈だ。おはまは「お化け、妖」が苦手だが、敏い娘で札に頼り過ぎたりしない。

つまり、佑斎にとって「商いになる店子」が一番揃っている刻限を狙ったということだ。

胃の腑の辺りを、厭な冷たさが撫でていった。

ただの商い目当てか。あるいは何か魂胆があるのか。まさかとは思うが、英徳――「鯰の甚右衛門」の手先では。

そんなことを考えている間に、当の佑斎は、大きな犬に言いつけを終えたらしい。にこにこと愛想のいい笑みを浮かべながら、木戸の中へ入って来た。

おてるが、ずん、ずん、と音がするような足取りで、佑斎へ向かって行った。通せんぼをするように、佑斎の正面で立ち止まり、おてるは腰に手を当て、胸を張った。

「この長屋に、何の用だい」

これのどこが、穏やかなんだろうねぇ。

拾楽はげんなりしながら、おてるに続いた。

おてるの喧嘩腰の物言いに、他の部屋の腰高障子が開く音がした。

ちらりと振り向くと、出かけていない店子すべての顔が、覗いていた。

人気戯作者（げさくしゃ）で、物語を書き始めると周りの音が聞こえなくなる性質の豊山まで、目を丸くして、こちらを見ている。

拾楽は、抱いていたさくらを、おてるに預けた。

穏やかに、落ち着いて、の合図だ。

わかってるよ。

そんな風に、おてるは拾楽をひと睨（にら）みしたものの、さくらを受け取り、首の周りを掻いてやっている様子は、随分と柔らかい。

サバは、おてるの傍（かたわ）らにすくっと立って、榛色の目で、じっと佑斎を見つめている。

おてるの加勢をしているようには、見えない。

お化け、妖に出逢（であ）った時、決まって現れる瞳（ひとみ）の青みもない。

まるで、佑斎を値踏（ねぶ）みしているようだ。

佑斎は、愛想のいい笑みを湛（たた）え、丁寧（ていねい）に頭を下げた。

「お初にお目にかかります。手前は『呪い札』を書いております、佑斎と申します」

おてるが、重々しく頷いた。

「ああ、この長屋の家移りを差配の磯兵衛さんに断られたお人だろう」

「これは、お耳が早い」

拾楽は、そっと佑斎の様子を窺った。

まったく狼狽えも、悪びれもしないあたり、肝が据わっている。

呪い札書きだってさあ。

なぁんだ。

そんな、気の抜けた調子で、顔を出していた店子達が囁き合っている。

正直、少し驚いた。

江戸に住む連中は、呪いや御札、神頼みが好きだ。

性質の悪い風邪が流行れば、早速御札を長屋の入り口に貼り、不動明王の化身と言われる人気役者の「睨み」を受けると「一年風邪をひかない」と聞けば、こぞって芝居小屋へ通って有難がる。

お化け、妖の類に悩まされている「鯖猫長屋」の店子ならば尚更だろうと、拾楽は考えていた。

　だが、店子達は揃って見向きもしない。

　その心裡を、おてるが取りまとめて佑斎に告げた。

「間に合ってるよ。札に頼らなくたって、大将のお蔭でこの長屋は安泰だからね」

　にべもなく切り捨てたおてるを、飛び出してきた蓑吉が宥めた。

「まあ、まあ、おてるさん。わざわざ、訪ねてきてくれた客人に、そんな言い方しなくても」

　そわそわと浮かれている蓑吉を、おてるがひと睨みした。

「外で待ってる犬と仲良くしたい下心かい、蓑吉っつあん」

　面白い様に、犬好きの蓑吉が狼狽える。

「そ、そういう訳じゃないよ。ただ、見たことない犬だなあって」

　佑斎が、済まなそうに告げる。

「あの犬、天というのですが、人に触れられるのを嫌がりますので。何でも、狼の血が入っているとか、いないとか」

「ちょいと、そんな危ない犬を連れてきたのかい。長屋には小さな子だっているんだよ」

「私の言いつけは、守ります」

脅(おど)しにも聞こえる言い振りが、拾楽の癇(かん)に障(さわ)った。

「佑斎さんの言いつけなら、人を襲(おそ)うこともある、ということですか」

おてるが、「言うねぇ、先生」という顔で拾楽を見た。

佑斎が、困ったように笑う。

「私は、痛いのが苦手なんですよ。他人様(ひとさま)が痛がる様(さま)を見るのも、厭なんです」

蓑吉が、おろおろと間に入った。

「や、やだなぁ、先生まで。いつもなら、おてるさんを宥めてくれるのに」

しまった、と拾楽は臍(ほぞ)を噛んだ。

英徳との繋(つな)がりを気にして、佑斎への当たりを厳しくし過ぎた。

拾楽まで気を尖(とが)らせていることが、かえって店子の興味を引いてしまったようだ。

顔だけ出して様子見(ようすみ)を決め込んでいた、利助とおきね、貫八、豊山、それに市松を背負ったおみつまで出てきてしまった。

「何の騒ぎだい、おてるさん、先生」

「何でもないよ」

利助がおてるに、

「何でもねぇ訳(わき)ゃねぇだろう」

と言い返せば、貫八が訳知り顔で佑斎に向かって、

「聞こえたぜ。お前(め)ぇさん、札書き屋なんだってな」

と、続けた。そうして、不思議そうに拾楽を見る。

「おてるさんはともかく、どうして先生までぴりぴりしてるんだい」

拾楽は、もっともらしく顔を顰めた。

「あたしは、いつだっておてるさんの味方ですから」

噴(ふ)き出した貫八が、おてるにじろりと睨まれる。

貫八の不始末に隠れて、利助が「よく言うぜ」という風に、肩を竦(すく)めた。

居酒屋「とんぼ」で働き、客あしらいはお手の物のおきねが、明るく、だが済まなそうに佑斎に声を掛けた。

「折角(せっかく)だけど、拝み屋でも札書き屋でも、この長屋じゃあ商いにならないよ。その辺りは、大将が纏めて面倒見てくれてるからね」

にこにこと、佑斎が訊き返した。

「そちらのおてるさんもおっしゃっていましたが、『大将』というのは、名高い雄

の三毛猫のことですか」

おてるの名を承知なのは、先刻から皆が呼んでいるからなのか、それともそこまで調べてきたのか。

ぴり、とおてるが気を尖らせた。こめかみに青筋が浮きそうだ。

「サバの大将、だよ。そこいらにいる雄の三毛猫と、ひと括りにしないでほしいね」

いやいや、「雄の三毛猫」は、そこいらにいたりしませんって。

言いかけた拾楽は、おてるに冷たい目を向けられ、慌てて口を噤んだ。

佑斎が、愛想のいい笑みを浮かべた。

「はい、サバさんでしたか。こちらの長屋で起きた数々の妖しい騒動を鮮やかに収めた、と。噂通り、只者ではない」

一体誰だ、そんな噂をしたのは。

得意げに胸を張る貫八や、そんなことは当たり前だ、と偉そうな顔のおてるを見ながら、拾楽は痛くなりそうな頭を押さえた。

軽く掌を向けることでおてると貫八を宥め、拾楽は佑斎に言い返した。

「猫ですよ、猫。威張りん坊で、少しばかり他の猫より賢くて、大層な変わり者ってだけです。店子の皆さんは頼りにしてくれてますが、大した猫じゃありませんよ。客人にさん付けで呼んで貰えるような奴じゃあない、って、痛いなあ、サバや」

しっかり爪を出した後ろ足で、足の甲を容赦なく踏んづけられ、拾楽は泣き言を言った。

お前さんは、という佑斎の視線に応え、拾楽は名乗った。

「青井亭拾楽です。画師をしております」

「そうでしたか、なるほど。こちらがサバさんの飼い主」

飼い主ではなく、子分です。

言い直すより先に、おてるが、ぐい、と話に割り込んできた。

「大将の評判を承知なら、話は早い。おきねさんの言う通り、この長屋じゃあお前さんの商いにはならないって、分かってるだろう」

それなりに脅しを含んだおてるの断りにも、佑斎は怯むことなく「商い」の話を続ける。

「でも、サバさんが相手にするのは『お化け、妖』の類でしょう。怪我や病、ついでにおかしな人間には、また別の手立てが入用なのではありませんか」

滔々と話しながら、犬の天のところまで駆け戻り、荷物を探り出した。

拾楽が、ちらりと足許へ視線を落とすと、サバは、厳しい目で佑斎の動きを追っていた。

だが、止める気配も、拾楽に止めさせようとする様子もない。

さくらはさくらで、おてるの気を佑斎から逸らすように、盛大に甘えている。

こりゃ、二匹で示し合わせてるな。

拾楽はそう踏んで、少しの間、様子を見ることにした。

程なくして、佑斎が、矢立と四角く切った薄い木の板を一枚持って戻って来た。

大きさは、縦が大人の女子の掌半分ほど、横がさらにその半分ほどと、家の戸や部屋に貼る紙の札に比べ、随分と小振りだ。

「ちょいとお前さん、あたしの話を聞いてるのかい」

おてるが尖った声で佑斎を咎めるが、まるで気にせず、店子達の前で矢立から筆を取り出し、墨を付けた。どうやら、木の板が札になるらしい。

佑斎は、誰に向かうともなく、流れるように語る。

「どんな札をお望みで、と伺っても、お答えいただけないでしょうから、そうですね、風邪除けと災難除け」

言いながら、木の板に流麗な文字を、言葉の通り「風邪除」「災難除」と、並べて綴る。

膠か漆でも混ぜているのか、とろりとした墨は、滲むことなく、美しい字を保ったまま、ゆっくりと木肌に馴染んでいった。

洒落も捻りもない呪い言葉が、謎めき、勿体を付けている佑斎本人に不似合いだが、拾楽にはかえって好ましく映った。

墨がすっかり染み込むのを待って、くるりと裏へ返す。

上半分程を使って書き込んだのは、梵字だ。

「これは、不動明王様の梵字です。さて、と、そちらのおかみさん」

佑斎が、ふいに長屋の奥の方へ視線を向け、声を掛けた。木戸を背にした右奥から二番目の部屋の前で、おみつが驚いた顔をした。

佑斎はおみつの背の市松を見て、尋ねた。

「坊ちゃんの名を教えて頂いても」

おみつは、顔色を窺うようにおてるを見てから、おずおずと答えた。

「市松、です。市場の『市』に松竹梅の『松』」

「市松っちゃん。はい、わかりました」

言いながら、佑斎が、梵字の下に「市松」と綴った。

ひとりひとり、その場で客の名を書くとは、手間を掛けている。とはいえ、幼い子を出汁（だし）に使うとは、狡賢（ずるがしこ）い。

拾楽が佑斎の仕事ぶりを眺（なが）めていると、おきねが墨を乾（かわ）かしている佑斎の手許を覗き込んだ。

「お前さん、ひょっとして今評判の『札書き屋』さんかい。小さな木の札に客の望みに合わせた呪い、裏には梵字と客の名をその場で書く。大層効（き）くって噂の」

佑斎は、おきねを見てにっこりと笑い、再び手許の札へ視線を落とした。人差し指と中指を立て、木の札に翳（かざ）す。

「なうまくさんまんだ、ばざらだん、せんだまかろしゃだ――」

呪いを唱（とな）えだした途端（とたん）、佑斎の声が、がらりと変わった。

深みのある、不思議な響（ひび）きを纏った声だ。

おきねが、気のない様子から一転、声を弾（はず）ませて確かめた。

「それ、真言（しんごん）って言うんだろ。ねぇ、豊山さん。そうだよね」

いきなり話を振られ、豊山は目を白黒させながらも、はっきりと頷いた。

「ええ。今のは不動明王の真言のうち、『慈救咒（じくのしゅ）』ですね。記された梵字は、やはり不動明王を表す、『かーん』です」

更に豊山が、何やら語ろうとしたが、貫八の、

「さっぱり分からん」

という、そっけない呟きで、しゅんと口を噤んだ。

対しておきねは、更に盛り上がった。

「ほら、やっぱり。ねぇ、お前さん。ここのとこ、『とんぼ』のお客さん達からよく聞く札だよ。その、真言にご利益があるんだとか、枕の側に置いて寝るといいことがあるとか、さあ」

ああ、と利助が思い出したように頷いた。

「女のお客さんが、呪いを唱える声が大層男前だって、はしゃいでた、あれか」

おきねの話では、その「札書き屋」は、店を構えることなく、縁日や何やらで屋台を出すこともなく、ただ、大きな犬を連れて町中を歩いているのだという。

運よく出逢えた客だけが、その札を手に出来るという訳だ。

滅多に手に入らないとなれば、余計に手に入れたくなるのが人情というもので、近頃大層な評判だそうだ。

そう聞かされても、他の店子は、へぇ、だの、ほぉ、だのと相変わらず気のない

相槌(あいづち)をうつばかりで、そっけない。

おきねも、盛り上がってはいるが、それは「有難い御札」に対してではなく、居酒屋「とんぼ」に来る客達の噂の元に出逢えたことに、はしゃいでいる風だ。

つまり、「有難い御札」には相変わらず見向きもしていないということで。

これは、店子仲間達がたくましくなったと喜ぶべきか。サバを頼りにし過ぎていると、危(あや)ぶむべきか。

拾楽が呑気(のんき)に迷っていると、佑斎が書き終えた札を持って、おみつと市松に近づいた。おみつに差し出した札が、するりと指から零れ、落ちる。

「おっと」

佑斎が軽い調子で呟き、その場にしゃがんだ。

「汚れてしまった」

そう続けて、札に付いた土を払う。

妙に念入りだ。なぜ、井戸の方を向いているのか。

サバがふるりと身を震わせた気配に、拾楽が見遣(みや)ると、サバの榛色の瞳に、うっすらとした青みが揺れていた。

何だ。

辺りを見回し、佑斎に視線を戻すと、佑斎はまだ屈み込んでいる。

にゃ。

サバが、低く鳴いた。

佑斎がのろのろとサバへ振り返り、微笑みかける。

立ち上がった足取りが、僅かに乱れた。他の店子達は気づかなかったらしい。

何事もなかったかのように、佑斎はおみつへ近づき札を差し出した。

「はい、どうぞ。市松っちゃんに。長屋を騒がせたお詫びのしるしですから、お代は要りませんよ」

「でも、それじゃあ申し訳ない――」

戸惑うおみつの手へ、佑斎が札を握らせる。

「市松っちゃんの名を書いた札ですから、受け取って貰えないと、無駄になります」

佑斎に言葉を重ねられ、おてるからも「せっかくだから、貰っておおきよ」と促され、おみつがようやく頷いた。

「じゃ、遠慮なく。ありがとうございます」

「ずっと持っていなくても、大丈夫。眠る時、近くに置いてあげて下さい」

そんな遣り取りを眺めながら、拾楽はおてるにこっそり訊いた。

「どういう風の吹き回しです」

「何が」

「佑斎が長屋で好き勝手してるのを、黙って見てる」

ふん、と胸を張り、腰に手をあてた様は、いつもと同じおてるだ。おてるは、低い声で言い返した。

「言いたいことは、言ってやったからね。騒がせた詫びだってんだから、商売してる訳でもなし、まあいいよ。それに、長屋の小さな子に何かしてやろうってのを、止められないだろ」

なるほど、と拾楽は頷いた。

長屋の幼い子は、長屋の店子皆で育て、世話を焼く。

そうしている長屋は、多い。この「鯖猫長屋」も、少し遠くから見守る風ではあるものの、御多分に洩れず、である。

おてるの言ったことも、幼い子——市松を甘やかしているのではない。

他人に何かしてもらうことと、他人に対して何かすることに、物心つく前から慣れさせようという腹だ。

「お互い様」の暮らし方が、裏長屋の貧乏人にとっては大事なのである。

勿論、こんな風に理屈を捏ねるのは、拾楽がずっと、一人働きの盗人として、盗人一味からも、堅気の理からも外れ、ひとりで気ままに生きてきたからだ。生まれた時から長屋暮らしのおてるにとっては、頭で考え、意図をもってすることではなく、ごく当たり前の振る舞いなのだろう。

そんなことを考えていると、佑斎がおみつと市松から離れて、こちらへ戻って来た。

おてるに向かって、

「札のご用命がありましたら、いつでも伺います」

と、嘯く。

居所が分からないのに、「ご用命」などどうやってすればいいんでしょうね。

言ってやりたかったものの、藪蛇になりそうなので、止めておく。

おてるが、佑斎を突き放した。

「何度も言わせないでおくれ。間に合ってるよ」

あはは、と佑斎は笑った。

「手ごわいですねぇ。分かりました。今日のところは失礼いたします」

頭を下げ、長屋のすぐ外で待つ犬の方へ向かう佑斎を見て、拾楽はつい引き留めた。

「もし。どうかされましたか」

わずかにふらつく足許、今までしつこかったのが、出し抜けに帰ると言い出した。具合でも悪いのだろうか。

「何でもありません。お気遣いなく」

そう告げて浮かべた笑みも、硬くぎこちない。

やはり、辛そうだ。

その原因は、佑斎の生業とサバの瞳の色から、おおよそ見当が付く。

間違っても、おてるに気づかれてはいけないやつだ。

さて、心当たりがあるのは、拾楽の弟分だった「男」と、豊山に惚れている「娘」。「男」の方は、始終ここに居ついている訳ではないから、多分「娘」の方だ。

ともかく、当人の為にも、ここは無闇に引き留めるより早く帰らせた方がいい。

塒は知っておきたいが、皆が外に集まっている中では追いにくい。

どうしたものかと、拾楽が考えあぐねている間に、佑斎は天を連れ、長屋から離れていった。

入れ違いに戻って来たのは、団扇売りの涼太だ。自分がやってきた方角を振り返りながら、長屋の木戸を潜る。

おてるが、涼太が担ぐ空の天秤を見ながら、早速声を掛けた。

「おかえり、涼さん。団扇の売れ行きは良かったみたいだね」

芝居好きのおてるは、元女形の涼太が「鯖猫長屋」へ移って来た時から気に掛けていて、佑斎の来訪の所為で悪かった機嫌が、早速直ったようだ。

涼太が、

「只今。でかい犬を連れた男とすれ違ったけど、客かい」

と、視線で佑斎が去って行った方角を追いながら、おてるに応じる。

おてるが、顔を顰めて短く答えた。

「まあね」

本心は塩でも撒きたいが、市松の札を貰ったおみつが気にするだろうから、控えている、というところだろうか。

こんな手でおてるさんを黙らせるなんざ、どうにもいけ好かないねぇ。

拾楽は、内心でぼやいた。

「ふうん」

涼太が何気ない様子でおてるに応じながら、拾楽に目配せをした。

おてるが、抱いていたさくらを下ろし、そろそろ出かける刻限の利助とおきねを急かしたのをきっかけに、皆、それぞれの部屋へ戻って行く。

拾楽は、涼太の目配せに応じ、話し掛けた。

「涼太さん、今年はどんな絵柄の売れ行きがよさそうですか」

「へぇ、先生。珍しく仕事に精を出す気になったかい」

「あたしはいつだって、仕事に精を出してますよ。贅沢者の飯代を稼がなきゃいけません」

猫好きの涼太が笑いながら、拾楽の足許で大人しくしているサバを見た。サバの相手をする振りで、拾楽に小声で囁く。

「大ぇ変だ。あの野郎、うちのお嬢をくっつけて行っちまった」

涼太の、人ならぬ者、人であった者が視える性質を知っている人間は、拾楽だけだ。

その涼太がこのところ「うちのお嬢」と呼ぶのは、この長屋に居ついている、山吹という、吉原の新造だった幽霊だ。

豊山とは吉原の宴席で幾度も顔を合わせていて、山吹は豊山に密かな恋心を抱いていた。病で亡くなってからも、豊山が忘れられずに「鯖猫長屋」へ居ついてしまい、豊山に悪戯を仕掛けたり、心配したりしている。

「力のあるお化け」のようだが、この正月、理不尽な恨みを買った豊山を守って、随分無理をしたらしい。

今は、名の通り、山吹色の雪割草に姿を変え、どうにかこの世、長屋の井戸端に留まっている——とは、すべてサバの様子から推し量ったのと、涼太から聞かせて貰った話である。

涼太曰く、雪割草の中で少しずつ力を蓄えているのか、近頃は井戸端で、うっすらと「山吹」の可愛らしい姿が視えることがあるそうだ。

そのせいもあってか、このところ、涼太は拾楽と話す時だけ、山吹のことを「うちのお嬢」と呼ぶ。

「ああ、やっぱりそちらでしたか」

低く応じた拾楽に、涼太が軽く目を瞠った。

「先生、視えたのかい」

「まさか。あのお人、井戸の辺りでしゃがみ込んでから、どうも調子が悪そうだったので」

「何者だい、あいつは」

「札書き屋だそうですよ。元は、口寄せの拝み屋だって話です」

「口寄せを使って誘拐かしやがったってことか。『うちのお嬢』に何の用だ。まさか、無理矢理あの世へ送ろうってんじゃねぇだろうな」

拾楽は、溜息混じりで涼太を窘めた。

「それが、本来あるべき姿だとは思いますよ」

お化けに思い入れを深くするのは、感心しない。

そう続け掛けて、拾楽は口を噤んだ。

拾楽自身も、そしてサバとさくらも、山吹への思い入れは浅くないのだ。気分としては、とっくに「『鯖猫長屋』の店子仲間」扱いをしている。

涼太が、むう、と口を尖らせた。

こんな子供っぽい、打ち解けた顔をするようになったのかと、拾楽は笑いを堪えた。

長屋へ越して来た当初は、なるべく他の店子と関わらないようにしていたのに。

「けど、お嬢は嫌そうだったぜ」

「そうでしょうね」

拾楽は、頷いた。

山吹は、豊山が恋しくて留まっているのだ。側を離れるのは嫌だろう。

じっと、涼太が拾楽を見ている。

サバが、

——で、どうするんだ。

という目で拾楽を見上げた。

さくらは、サバの側で丸くなって知らぬ振りだ。長く綺麗な尻尾を、ゆっくりと揺らしているのは、さしずめ、

——遊びに行くのなら、教えて頂戴。

というところだろうか。

大きく息を吐き、拾楽は告げた。

「様子を見て来ますよ」

とはいえ、もう追いつけないだろう。さて、磯兵衛にでも塒を訊いてみるか。

思案していると、拾楽の足許にいたはずのサバと、サバの側で丸くなっていたさくらが、木戸の側で、冷ややかな目をこちらへ向けていた。

——早くしろ。

サバが、そんな風に、みゃお、と鳴いた。苛立っているようだ。

苛立っている瞳の、青みがみるみると薄くなっている。

遠ざかる山吹さんの気配を、追ってくれているのか。

拾楽は、急いでおてるに声を掛けた。

「夕飯の豆腐を買いに行ってきます」

ああ、行っといで、と部屋の中から返事が聞こえた。

見ると、すでにサバとさくらの姿はなく、涼太が木戸のすぐ外でこちらを見ている。一緒に行くつもりのようだ。

二匹とひとりを待たせている格好になった拾楽は、急いで後を追った。


向かったのは、磯兵衛の長屋だ。

二匹とひとりは、拾楽を急かした癖に、いざ追いつくと、揃って「それで、どこへ行くんだ」という顔で拾楽を見たのだ。

やれやれ。

「気配を追ってくれたんじゃなかったのかい」

拾楽がサバに訊いてみたが、団子の尻尾を不機嫌に振るのみだった。

涼太に「そりゃあ、いくら大将でも、無茶ってもんだ」と呆れられ、仕方なしに磯兵衛に訊くことにした、という訳だ。

涼太には、この近くで待ってもらっている。連れ立って押しかけ、磯兵衛が追い払った札書き屋の居所なぞ訊ねたら、磯兵衛は間違いなく怪しむだろう。まさか、「山吹が攫われた」と打ち明ける訳にもいかない。

そこで、拾楽がことの次第を知らせに来た、という体をとることにしたのだ。

磯兵衛は、膝の上に乗ったさくらを撫でながら、難しい顔で呟いた。

「やっぱり、先生の見立て通り、あの野郎、断ったのに長屋まで押しかけやがったのか」

「ええ。おてるさんが追い返しましたけど」

「そうかい」

「ただ、市松坊の札を書いて、おみつさんに渡されちまって」

磯兵衛が、顔を顰める。

「まんまと、してやられたな」

「すみません」

「先生が詫びるこっちゃねぇよ。子供を出汁にするなんざ、いけすかかねぇ」

拾楽も最初（はじめ）は、磯兵衛と同じように感じたが、佑斎の目論見（もくろみ）は「札を押し付け、長屋に入り込む」ことではなかったようだ。

恐らく、目当ては山吹。

市松に狙いを定めたのではなく、井戸に近づくために偶々（たまたま）近くにいた市松を使った、というところだろう。

まったく、幽霊なんぞ誘拐かして、何の得があるのだか。

浮世（うきよ）でさ迷う魂は、等しくあの世へ還（かえ）さねばならない。

そんな独りよがりな信念で動いているのなら、厄介だ。

拾楽は、こっそり舌打ちをした。

山吹は、この世に留まりたがっている。

弱っているとはいえ、元々は力が強い山吹と、無理矢理還そうとする拝み屋との闘（たたか）いとなれば、互いは勿論、巻き込まれる「鯖猫長屋」も、小さくはない痛手を被（こうむ）るだろう。

「浮かねぇ顔だな」

気遣わし気（げ）に磯兵衛に言われ、拾楽は慌てて笑みを取り繕（つくろ）った。

「この湿気に、少しばかり、やられてましてね」

ああ、と磯兵衛はごま塩の眉毛を人差し指でなぞった。

「確かに、今年はやけに蒸しやがる」

「ええ。サバとさくらが、この長雨で部屋の中にいることが多いので」

そういうつもりはなかったが、サバとさくらのせいで、蒸し暑さが増している、という物言いになってしまい、拾楽は慌てて、少し離れたところで寝そべっているサバを見遣った。

サバは、素知(そし)らぬ顔だ。

先刻、涼太に呆れられたことを思い出し、苦笑いを浮かべる。

サバに頼りすぎの長屋の店子達を案じながら、誰より拾楽自身がサバを別格扱いしていたようだ。もっとも、拾楽の迂闊な言葉の意味も、拾楽が慌ててサバの顔色を窺ったことも、サバはお見通しなのだろうけれど。

妙に浮足立ってしまった自(みずか)らを宥め、拾楽は言った。

「磯兵衛さんは、お元気そうで何よりです」

「この歳になると、暑いも寒いも、大抵のことは慣れちまうもんだよ」

「とはいえ、雨の中、外出するのも億劫(おっくう)ではありませんか」

磯兵衛は、首を傾げて答えた。

「そうかねぇ。雨くれぇで億劫になってたら、差配なんざ務まらねぇけどな」

　こいつは、まっすぐ話すべきだったか。

　磯兵衛と回りくどい遣り取りをすると、話が明後日の方へ逸れて行くのは、いつものことだ。

「磯兵衛さんらしい。ですが、ここは私にお手伝いさせて頂けませんか」

　磯兵衛の瞳が、きらりと光った。

「何を手伝ってくれるつもりなんだい、先生」

「磯兵衛さんなら、この話を聞けば、佑斎さんに釘のひとつでも刺しに行くだろうなと。居所が分かれば、代わりに私が行ってきましょう」

　磯兵衛は、暫く黙ったまま拾楽を見ていたが、やがて低く問いを重ねた。

「先生。何を企んでる」

　拾楽は、敢えて薄っぺらく笑った。

「いやだなあ、企んでなんかいません。磯兵衛さんやおてるさんと、同じですよ。口寄せが出来る拝み屋に、長屋の周りをうろついて欲しくない。それだけです」

　それでも、磯兵衛は答えない。

　ここで、万が一にも山吹に勘付かれたら、磯兵衛のことだ、むしろ佑斎に「お祓い」でも頼みかねない。

かと言って、ここで引くわけにもいかないのだ。佑斎が、山吹を連れ去っている。

拾楽は、もう一押しした。

「あたしじゃあ心許(こころもと)ないですか。でもサバがいますから」

お化け、妖の類を黙らせるサバなら、拝み屋にも睨みは利くだろう。

告げると、磯兵衛の膝の上から、さくらが不服気(ふふくげ)に拾楽を見た。

――あたしも、いるもん。

金色の目が、勝気(かちき)に輝いている。

「ああ、もちろんさくらも頼りにしてるさ。ただ、無茶(むちゃ)はしないでおくれね。あの男も犬も、お前の玩具にはなりそうにないよ」

つん、と明後日の方を向いたのは、分かってるわ、というところか、あるいはやってみなければ分からない、と闘志を燃やしているのか。

愛らしいさくらの仕草(しぐさ)に、磯兵衛も和(なご)んでくれたようだ。

ふ、と詰めていた息を吐き、柔(やわ)らかな口調で告げる。

「先生が、ここぞって時にはしっかり本腰を入れて締めてくれてるのを、散々(さんざん)見て来たからな。心許なくなんかはねぇよ。それに、腹にどんな目論見を抱えてたって、長屋の為にならねぇことは、しねぇだろ」

「なんだか、こそばゆいですね」

冗談めかしながら、心の奥がざらついたことに、拾楽は戸惑った。

心の臓を、柔らかで肌触りのいい糸に、ゆるやかに絡め取られた息苦しさ。

「鯖猫長屋」を自分の住処と定め、「青井亭拾楽」を自分の一生とし、そこで関わる人々を、「黒ひょっとこ」で磨いた技で守る。

そう決めたのは、拾楽自身だ。

なのに、「信用している」と言われた途端に、どうして息苦しさを感じるのか。

こちらの心裡を見透かすようなサバの視線に気づき、拾楽は軽く頭を振った。

磯兵衛は、拾楽の戸惑いに気づかなかったようだ。すっきりした顔で言った。

「正直なとこ、あの拝み屋、しつこくてよ。先生が引き受けてくれるんなら、助かる」

「引き受けました」

拾楽は笑って頷いた。

サバの視線が、やけに痛かった。

磯兵衛から教わった佑斎の塒は、浅草寺の北、吉原へ続く道の途中の田畑に、ぽつんと建っていた。

農家の家並みからも逸れていて、遠目で見る限り、周りに人が住まう気配もない。

少し近づくと、石で板を押さえた薄っぺらい屋根、薄っぺらい板壁が見えてきた。

庭も生垣もなく、辛うじて一軒家の体をとっているが、家や庵というよりは、炭焼きや雨宿りに使う、ちょっとした小屋のようだ。左脇で枝を伸ばす、のびのびとした銀杏の若木が、妙に不釣り合いに見える。

とても、評判の札書き屋の塒には見えない。

「随分と寂しい眺めですね」

拾楽が傍らの涼太に話しかけると、涼太は、ううん、と唸った。

「むしろ、色々視える奴にとっちゃ、静かでいいかもしれねぇよ、先生」

「ふうん。そういうもんですか」

「奴らは、寂しがり屋が多いんじゃあないかな。だから寂しいとこには寄りつかねえ」

訊いたことはないけどな、と涼太が付け加えた。

なるほど、と拾楽は頷いた。

寂しいから浮世にしがみつき、寂しいから生きている人間に悪戯をしたり、ちょっかいを掛けたりするのか、と。

小屋に近づくと、さくらが、拾楽の背中を伝って——サバよりは加減してくれているが、爪が痛い——首に巻きつくような格好で、拾楽の肩に収まる。

涼太が羨ましそうに、その様子を見た。

サバは、悠然と涼太と拾楽の少し前を、歩いて行く。

佑斎の小屋の前へ着くと、戸の前に伏せていた大きな犬、天がむくりと身体を起こした。

鼻面に皺を寄せ、牙をむき出しにし、拾楽と涼太に向かって低く唸る。

す、とサバが天に近づいた。サバが見上げる程の大きな犬だ。普通の猫なら、噛まれればひとたまりもない。

サバを止めようとした涼太を、拾楽が軽く手を挙げることで、留める。

短い間、二匹は間近で、睨みあった。

天の鼻面から皺が消え、サバの鼻に向かって、鼻を寄せる。ふさふさした尾が、柔らかく揺れた。

——あたしも、あたしもっ。

とばかりに、さくらが拾楽の肩から飛び降りた。

「あいたた、踏み切る時には、なるべく爪を立てないでくれるかな、さくら」

ぼやいた拾楽を置き去りに、さくらがサバと天に駆け寄った。

挨拶というよりは、遊びに誘うように、忙しなく天の周りを飛び回るさくらを、天は持て余しているようだ。

困ったような、情けない顔で、お転婆のさくらを眺めている。

涼太が、気の抜けた様子で呟いた。

「仲良くなっちまったな」

「何を話してたんでしょうね」

サバは、犬の好き嫌いが激しい。

人や猫が好きで、天真爛漫(てんしんらんまん)な犬は、苦手。懐かれるのが厭らしい。

対して、落ち着きがあって賢い犬は、気に入ることが多い。

天は、長屋に来た時も静かで聞き分けが良かったが、サバの様子から察するに、見た目よりも更に賢い犬、ということだ。

拾楽はゆっくりと、天に近づいた。

猫とはすっかり打ち解けているが、佑斎は「天は人に触れられるのを嫌がる」と言っていた。涼太も心得た様子で、静かに拾楽に続く。

「中へ、入ってもいいかい」

拾楽は、立ったまま天に訊ねた。

さくらより少し黄色の濃い、金の目が拾楽と涼太を見比べた。

食われそうだな。

ちらりと、そんな考えが頭を過る。

みゃう。

サバが、短く鳴いた。

命じた、というよりは、頼んだという鳴き方だ。威張りん坊にしては、めずらしい。

天が、軽く項垂れて拾楽と涼太から目を逸らすと、戸の前を譲るように、脇へ避けた。

「済まないね」

天とサバへ礼を言って、中へ声を掛ける。

「佑斎さん。『鯖猫長屋』の拾楽です」

返事はない。もう一度呼びかけるが、変わらない。中に気配はある。

涼太と顔を見合わせ、拾楽は「お邪魔しますよ」と断り、戸を引き開けた。

「鯖猫長屋」より広い土間、右の隅には竃と水甕がある。一段上がった部屋の床には、綺麗に板が張られていて、外の薄っぺらさに比べ、随分と暮らしやすそうだ。

佑斎は、部屋の奥の隅で小さく蹲っていた。

慌てて、二人で駆け寄る。

「佑斎さん、大丈夫ですか」

のろのろと、佑斎が顔を上げた。

青白い顔色、黒ずんだ唇、額に滲む脂汗、何かを抑えるように、体中に力を入れている。

「しゅうらく、さん。ど、して――」

「どうして。こちらが訊きたいですよ」

「み、ず」

拾楽が動くより早く、涼太が土間へ戻った。

い。

　榛色の瞳には、妖、お化けが近くにいることを示す青みが、まるで浮かんでいな

　拾楽は、部屋の中を見回してから、すぐ側にいるサバを見て戸惑った。

になった。

　苦しそうな男相手に訊くことではない。分かっていながら、つい、責める物言い

「山吹さんを、どこへやったんですか」

らして飲み干す。

起こした。拾楽が手を添えてやると、震える手で涼太から湯呑を受け取り、喉を鳴

　戻って来た涼太が、「ほら、水だ」と湯呑を差し出す。佑斎は身体を億劫そうに

　少し楽になったのか、ふう、と力の抜けた溜息を吐いた。

「助かりました」

　告げた言葉は滑らかになったものの、笑った顔は歪んだままだし、息も荒い。

「天が、外に居ませんでしたか」

　佑斎の問いに、拾楽はなるほど、と頷いた。

　先刻の「どうして」は、天が番をしていたのに、どうして部屋へ入れたのか、と

いう問いだったらしい。

「天が、サバと仲良くなってくれましてね」

佑斎の視線を追えば、戸のすぐ外で、天とさくらが、仲良く並んでこちらを見ている。

佑斎が、ふ、と笑ってから、苦し気に胸を押さえた。

「大したもんですね、サバの大将は」

押し出すように、呟く。

「医者を呼びましょうか」

佑斎は、弱々しく首を振った。

「病ではありませんので」

「苦しそうだ」

「辛抱していれば、いい、いいだけの話です」

ようやく、この様の訳が見えてきた気がする。涼太が拾楽の視線に応じ、小さく頷いた。

山吹が居るはずなのに、サバの瞳が青くならない訳。佑斎が苦しみに堪え、何かを抑え込んでいるような様。佑斎の元の生業――口寄せの拝み屋。

多分、山吹は、佑斎の「中」に取り込まれているのだろう。

拾楽は、やれやれ、と肩を落としてから、話を戻した。

「長屋に居た新造を、連れ出したそうですね」

佑斎が、目を瞠って、拾楽と涼太を見比べた。厳しい顔の涼太を見て、合点（がてん）がいったようだ。

「そうか。こちらは、視えるお人なんですね」

涼太が、「涼太だ」と名乗ってから、真っ直ぐに切り出した。

「お嬢を、返してくれねぇか」

「今は、駄目です」

「お嬢は、望んで長屋に居るんだ」

「ええ、当人から聞きました。今も、帰りたくて地団太（じだんだ）を踏んでいる」

拾楽は、じとりと涼太を見て、言った。

「今、山吹さんが地団太を踏んでるとこ思い浮かべて、『可愛い』と思ったでしょ」

涼太が、ばつが悪そうに明後日（あさって）の方角を見て、応じる。

「可愛い、じゃ済まねぇだろうよ。そこの拝み屋さんは」

佑斎は、困ったように笑っている。

「なかなか、元気なお嬢さんですし、見た目に反して、お強いですからね。抑えるのも一苦労です」

　涼太が、厳しい目を佑斎に向けた。

「お前さん、一体何を企んでるんだ」

「涼太さん、でしたか。あの世の者が、この世に留まるのは感心しません。浮世の者にとっても、留まる当人にとっても、決していいことじゃない」

「だからって、無理矢理あの世へ還すってのは、ずいぶんと無体が過ぎるんじゃねえか」

　涼太の言葉が引き金になったように、佑斎が顔を苦し気に歪めた。再び、胸のあたりを押さえて、身体を丸める。

　佑斎を見るサバの瞳に、青みが宿った。

　さくらが、土間へ入って来た。耳と長く真っ直ぐな尾をぴんと立てているのは、いつでもサバの加勢に入れるようにしているのだろう。

「佑斎さん、大丈夫ですか」

　佑斎が、掌を拾楽に向けた。

　少し待ってくれ、ということらしい。

　しばらく様子を見ていると、佑斎が、ふう、と小さく息を吐き出し、身体を起こした。

「山吹さんが怒りだしたので、ちょっと宥めてました。問答無用でいきなり還すことはしないから、と」

涼太が、目を丸くした。

「そいつは、本当か」

心外だ、という顔を佑斎がした。

「当たり前です。下手なちょっかいさえ出さなければ、至って大人しい娘さんに、無体なんかするもんですか」

まるで普通の娘を相手にしているような口ぶりだが、佑斎は至って大真面目だ。

「そうか」

涼太が、気の抜けた声で呟いた。佑斎と二人、互いに分かり合っているかのような視線を交わし、笑みを浮かべる。

視える者同士は、気が合うものだろうか。

蚊帳の外のような心地を味わったものの、すぐに拾楽は思い直した。

あれは多分、視える視えないとは関わりなく、山吹の扱いで考えが同じだったせいだろう。

人気者だな、山吹さんは。

長屋でも、豊山も他の店子達も、それと知らず「井戸の脇の雪割草」を大層大事にしている。

生きていれば、人に好かれる、いい花魁になったろうに。

拾楽が湿ったもの想いに気を取られている間に、涼太と佑斎は勝手に親交を深めていたようだ。すっかり打ち解けた物言いで、涼太が訊ねる。

「それじゃあ、何だってうちのお嬢を連れ出したんだい」

佑斎が、気遣わし気な顔になり、答えた。

「涼太さんは、気づきませんでしたか。山吹さん、かなり弱ってますよ」

驚いて、拾楽はまずサバを見た。静かだが厳しい目の光が、佑斎の言葉が正しいと、伝えている。

涼太が束の間、目を瞠った後、憂い顔で呟いた。

「ちっとも、気づかなかった。元々、力を使いすぎて井戸端に落ち着いたってのもあるしなあ」

佑斎が頷く。

「山吹さんから聞きました。少し無茶をしたって」

　一度言葉を切って、ふう、と昏い顔で息を吐き、佑斎は続けた。

「詳しく聞いた話の限りでは、少しどころじゃあない、魂まで消えてしまっても可笑しくないような無茶だったようです。その後も、雪割草になり、季節外れにも花を咲かせ、恋しいお人に悪戯をしたり、助けたり。これじゃあいつまでたっても、力なんざ戻りませんよ」

　そうだったのか、と涼太が痛々しい顔で呟いた。

「あの」

　すっかり「蚊帳の外」へ追い出されていた拾楽は、ようやく二人の遣り取りに割り込んだ。

　揃って拾楽を見た涼太と佑斎は、どちらも「居たのか」という顔をしていた。

「ああ、先生」

　慌てて取り繕うように呼んだ涼太へ、拾楽は微苦笑を向けてから、佑斎に確かめた。

「それで、話を戻したいんですけどね。なんだって、山吹さんを長屋から連れ出したんですか。そもそも、山吹さんはこの世に留まるために、雪割草になったんだって考えてたんですけれど、合ってますか」

その通りだ、と佑斎が頷いた。拾楽が更に訊ねる。

「そこから引き離して、山吹さんは無事なんでしょうか」

佑斎が、困ったように笑った。

「ええ。元気いっぱいですよ。今は、皆さんが迎えに来てくれたので、成り行きを見守ってくれてますが」

皆さんが、と言いながらまずサバへ視線を向けたのを、拾楽は見逃(みのが)さなかった。

妖、お化けの相手とはいえ、人より猫に信を置かれるのは、ちょっと情けない心地がする。

そんなことを考えながら、問いを重ねた。

「その元気いっぱいを抑えてたから、苦し気だった、と」

「不甲斐(ふがい)ない拝み屋で、面目(めんぼく)ない」と、佑斎が微笑む。

「そこまでして、どうして。山吹さんに何の用があるんですか」

仕様がないなあ。

そんな風に、佑斎が首を傾げた。

「少し、休んで貰おうと思って」

すん、とサバが鼻を鳴らした。

――やるじゃないか。

そんなところだろうか。

さくらは、いつの間にか天の側に戻っていて、しきりに遊びに誘っている。

拾楽が涼太を見ると、涼太は小さく、力強く、頷いた。どうやら、佑斎は山吹の敵ではないらしい。

言葉の先を促した拾楽に、佑斎はさばさばとした口調で打ち明けた。

＊

佑斎は、「怪談」好きの客から「鯖猫長屋」の話を聞いた。

「猫が一番偉い」という変わった長屋は、何かと怪異を引き寄せるらしい。

客は、ちょっと訪ねるだけでは、怪異を味わうのは難しい、と考えた。

だから一部屋間借り(まがり)しようと、差配を訪ねたものの、その差配がかなりのやり手で、大層守りが堅(かた)い。

「お化け目当て」だと知られた途端、けんもほろろで追い払われてしまった。袖の下も全(まった)く利かない。

更にしつこくしようものなら、立て板に水の至極(しごく)もっともな説教で、ぐうの音(ね)も出ない程やり込められてしまった。

それならと、夜中にこっそり見物に出かけたら、何故かあっという間に気づかれてしまったらしい。次の日早々、差配に住まいまで押しかけられ、もう一度説教、しかも大音声だ。

身内や隣近所に「子供じみた悪戯」を知られた挙句、長屋には、腕利きと評判の定廻同心「成田屋の旦那」が出入りしていると遠回しに脅された。

その客は、「長屋の怪異」に未練はあるものの、二度と長屋には近づきたくない程懲りた、と、苦笑いを浮かべていた。

佑斎は「長屋の怪異」を、信じなかった。「長屋の怪異」なぞ、よくある話で、蓋を開けてみれば、作り話だったり、勘違いだったりすることが殆どなのだ。

本当に「お化け」がいることも多いが、大抵は怪異を起こせるほどの力もなく、大人しい。

ただ、サバという変わった猫が、佑斎はなんとなく気に掛かった。

ある日、商いで近くを通ったついでに長屋の木戸の前まで行って、「井戸の端の雪割草」に気づいた。

花の季節ではないのに、なんとか花を咲かせようと、少ない力を使っている「若い娘」。

あの世の者とは、二度と関わらない。二度と話を聞かない。

そう決めたじゃないか。

急いで、その場を離れようとした時、雨上がりの陽が当たる屋根の上で寛いでいる、二匹の縞三毛がこちらを見ているのに気づいた。

飛び切り美しい榛色と、飛び切り眩しい金色が、こちらをじっと見ていた。

榛色の目に宿る力で、それと気づく。

この猫が、サバだ。

ふい、と榛色の目が、佑斎から逸らされた。

何故だか、冷たく突き放されたように感じた。

まだこちらを見ているもう一匹の金色の目から逃げるように、佑斎は「鯖猫長屋」から遠ざかった。

以来、井戸端にいた「雪割草の娘」が頭から離れなくなった。

なぜ、あの娘はただ、花を咲かせるために、少ない力を使っているのだろう。

あの娘から、嫌な気配はしなかった。

ならば、あの娘をこの世に引き留めているのは何なのだろう。

恨み辛みではない。未練、とも違う。

ただ確かなのは、このままでは、あの娘が消えてしまう、ということだ。

あの世へ行くのではない。魂自体をすり減らし、あの世からもこの世からも、消える。

矢も盾もたまらず、佑斎は「鯖猫長屋」の差配を訪ねた。

天と交わした約束は、今度だけ破らせて貰う。

あの客が言った通り、差配の磯兵衛は守りが堅く、強引に長屋を訪ね、山吹と逢った。

考えていたよりもずっと、弱っている。山吹を佑斎の身に降ろしてみて、その性質と気持ち、そして、本来ならばとんでもなく強い魂であることに気づいた。

山吹は、強情で一途だ。

話して得心するとは思えない。

しばらくの間でも、連れて帰って休ませなければ。

＊

佑斎は、言う。

「本当であれば、雪割草を通して天地の力を少しずつ取り込み、いずれは元の力を取り戻せたのに。なまじ強い力を持っていたからこそ、つい、無茶をし続けたんでしょう」

涼太が、哀し気に呟いた。

「馬鹿だなあ、お嬢は」

佑斎が、困った顔で涼太に告げる。

「山吹さん、笑ってますよ」

涼太の整った顔が、泣きそうに歪んだ。

山吹らしい。

拾楽は、軽く笑んでから佑斎へ伝えた。

「多分、好いたお人に喜んで欲しかったのでしょうね」

豊山は、山吹と分からないまま、身を挺して火事から雪割草を守った。

生身の人の男と雪割草の形を借りているお化けの恋は、まるで通じ合っていないようでいて、どこか深いところで分かり合っているらしい。

けれど佑斎は、拾楽の言葉に目を瞠った。

「他人事のようにおっしゃる。勿論、好いたお人のためでもありますが、長屋の皆さんのためでもあるんですよ。咲く度に、喜んでもらえるから。咲かない間でも、忘れずに大事にして貰っているお礼だそうです」

今度は、拾楽と涼太が驚く番だった。

山吹は、ひたすら豊山一筋、他の奴には目もくれないと思っていたのに。

佑斎が静かに続ける。

「優しい娘さんです。口寄せというのは、降ろした魂に、この身を一時明け渡すんですが、山吹さんは、どれほど怒り、暴れようと、私の体を乗っ取ろうとしない。そうすれば、この身を使ってすぐに長屋へ帰れるのに」

涼太が、佑斎に向かって身を乗り出した。

「それで、佑斎さんのとこで大人しくしてりゃあ、お嬢は元気になるのかい」

まるで、生きている娘を診療所か何かに預けるような、話しぶりだ。

拾楽は、慌てて涼太を遮った。

「涼太さん。やたらとその話を持ち出しちゃあ――」

佑斎も困った顔をしている。

もし、暫く帰れないという話になれば、山吹はまた駄々を捏ね、佑斎の負担になるかもしれない。

しまった。

そんな風に、涼太は口を噤んだ。

佑斎は、渋い顔で言った。

「いずれ、伝えなければいけないことでは、ありますけどね」

サバが、むくりと起き上がり、遠慮会釈（えしゃく）のない伸びをした。

――やれやれ。世話の焼ける。

そんな風に、ぶるる、と身体を震わせ、佑斎の側へ行き、丸くなった。

拾楽は苦笑いで告げた。

「サバは、山吹さんを宥めるつもりのようですよ」

佑斎が、自分に寄り添うサバをしげしげと眺めながら、訊ねる。

「撫でても、構いませんか」

団子の尾が、勝手にしろ、という風に、投げやりに振られる。

拾楽が答えた。

「多分、大丈夫です」

思いのほか大きな佑斎の手が、そっとサバの頭を撫でた。

――へたくそ。

不満げにサバは見上げたが、大人しく撫でられるままになっている。

山吹の相手で、それどころではないのかもしれない。

佑斎が、サバから手を離し、小さな溜息をひとつ吐いてから切り出した。

「元の力を取り戻すには、時が掛かるでしょうね。無茶をしないと約束してくれるなら、雪割草に戻って貰ってもいいんですが――」

恐らく「信用ならない」と続けたかったであろう言葉が、ぎこちなく切れた。

佑斎が、堪えるように、喉を鳴らす。

やーおう。

サバが、低く鳴いた。

すぐに、佑斎がほっと息をつき、笑った。

「サバさんに叱られて、山吹さんがしゅんとしてます」

それから、宥めるように言い添える。

「せめて、幾日かでも辛抱(しんぼう)して貰えないだろうか。長屋では、余計な力を使おうものなら、すぐに消えそうだったから」

涼太が顔色を変えた。

「先生、大将。どうにかならねぇか」

「どうにか、と言われても、ねぇ」

拾楽は、言葉を濁した。

勿論、山吹の身は心配だ。だが、今まで聞いた佑斎の話や立ち居振る舞いには、厄介事の種があれこれ交じっている気がする。

例(たと)えば、当たり前のように語られた言葉の端々(はしばし)に滲む、術者としての大きな力量。

例えば、犬の天と交わした、という約束。

なぜ、実入りがいいであろう口寄せの拝み屋から、札書き屋に商い替えをしたのか。

山吹を放っておけずに、その身に引き受けたお節介(せっかい)振りは、きっと「鯖猫長屋」同様に、要らぬものを引き寄せているのだろう。

天と佑斎、訳ありの匂いがぷんぷんと漂(ただよ)ってくる。

ううん、と拾楽は唸った。

うにゃーお。

凄(すご)みの利いた声で、サバが拾楽を脅した。

——ぐずぐずするな。早く何とかしろ。

そう聞こえたのは、多分気のせいではない。

戸のすぐ外では、さくらと天、色みの異なる金色の目が、じっと拾楽を見つめている。

はいはい。みんな、山吹さんの味方ですよね。分かってます。

心の裡でぼやいて、拾楽は口を開いた。

「サバや。山吹さんの側にいるつもりは――」

問い掛けの途中で、厭味な程大きな欠伸をやらかされ、早々に一番目の策は諦めることにした。

「――ないんだね。分かったよ」

他に方策が、ない訳ではないが、磯兵衛とおてるを、どうにか誤魔化さなければならない。何か上手い言い訳が要る。

うにゃっ。

再び、サバに短く叱られた。

――何をぶつぶつ、ぼやいてる。薄気味悪いぞ。

恐らく、そんなところだろう。

口に出してぼやいてた訳じゃあないのに。不平を呑み込み、拾楽はサバに返事をした。

「分かったったら、サバや」

それから、涼太と佑斎を見比べて告げる。

「山吹さんが戻れないなら、山吹さんの『戻りたい理由(わけ)』に、来てもらいましょうか」

涼太と佑斎が、長年の付き合いのような気安さで、顔を見合わせた。


次の日、拾楽は豊山を連れて佑斎の住まいを訪れた。天は、昨日と同じように、住まいの前に伏せていて、ちらりとこちらを見ただけで、黙って通してくれた。

サバは、取り敢えず安心だと踏んだのか、あるいはただの気まぐれか、出掛けに拾楽が誘っても、見向きもしなかった。さくらも、サバを真似(まね)て知らぬ振りだ。

代わり、という訳ではないが、涼太がついてきている。

「商いは、いいんですか。書き入れ時でしょうに」

訊ねた拾楽に、涼太は拾楽にだけ聞こえるような小声で、答えた。

「商いなんざ、いつでもできるし、おいらひとりの食い扶持(ぶち)もどうにでもなるさ。それよりお嬢が気がかりだ」

「心配性が過ぎますよ」

　こそこそとした遣り取りを他所に、豊山は目を輝かせ前のめりになって、佑斎からあれこれ「お化け」の話を訊き出している。

　涼太が、感心しきりに言った。

「上手く、豊さんを乗せたもんだなあ、先生」

「まあ、あの人は分かりやすいですからね」

　何とかしろと、サバ、涼太にせっつかれ、拾楽がひねり出した策は、「豊山を引っ張り出して佑斎に会わせる」ことだ。

　豊山の顔を拝めば、少しは山吹も辛抱が利くかもしれない。

　だが、長屋に入れないとはいえ、佑斎と店子が会うことを、磯兵衛もおてるもいい顔はしないだろう。どうにかして、二人をしぶしぶでも「うん」と言わせたい。

　だから、拾楽は佑斎の許しを得た上で、豊山を焚きつけることにした。

　先だって、長屋へ来た札書き屋は「お化け、妖」に大層詳しい。視たり感じたりできるそうだから、話を聞いてみたらどうだろう。

　様子を見ながら水を向ければ、案の定豊山はかえって尻込みをした。

「お化け、妖」がわんさと出てくる物語を書いて生計を立てている癖に、豊山は筋金入りの怖がりなのだ。

だから、次の手では豊山が書く話や、豊山自身の好みにさりげなく沿わせて、「佑斎から聞いた話」として伝えた。勿論、半分は拾楽の「口から出まかせ」である。

すると、豊山の目つきが「ただの怖がり」から「戯作者」に変わった。

もう一押しとして、佑斎に書いて貰った札を豊山に渡した。

これのお蔭で、佑斎は「お化け、妖」を沢山見ているのに、ただの一度も怖い目に遭ったことがない、と言い添えて。

実のところ、札の効き目は殆ど抜いて貰っている。その札を山吹が嫌がっては元も子もない。

もっとも、豊山は、札のお蔭ですっかり安心したらしい。残ったのは「話を聞きたい、話がしたい」という戯作者の強い欲求のみ。磯兵衛とおてるにも、並々ならぬ熱っぽさで自ら話を通してくれた。

二人も、人気の戯作者に「これから書く物語の為に、どうしても話を聞きたい」と拝み倒されれば、だめだとは言えない。

そもそも、店子はどこへ行って誰と会うか、差配や長屋の纏め役に口を出される筋合いはないのだ。

おてるは拾楽が裏で糸を引いていることに勘付いたようで、胡乱な目で「厄介事を長屋まで持ち帰ったら承知しない」と、釘を刺されたけれど。

そうして、豊山の熱は、直(じか)に佑斎と出逢って話をし、更に増したようだ。

驚いたのは、佑斎が妖にも大層詳しく、「長谷川(はせがわ)豊山」の読本(よみほん)も、熱心に読んでいたことだ。何より、豊山と大層「好み」が似ているのか、長年の友ではないかという程、気が合った。

今も、涼太と拾楽には珍紛漢紛(ちんぷんかんぷん)な話に、目を輝かせ、声を弾ませ、花を咲かせている。

拾楽は、そっと涼太へ囁いた。

「これで、山吹さんが落ち着いてくれるといいんですが」

涼太が囁き返す。

「心配ねぇだろ。豊さんがわざわざ足を運んだんだ」

それまで、賑やかだった二人の遣り取りが、ふ、と途切れた。

見ると、豊山が寂しそうな笑みを浮かべている。佑斎は、問うように、労(いたわ)るように豊山を見ていた。その瞳が、こちらの胸がうずくほど儚(はかな)げだ。

「お嬢」と、涼太が呟いた。

豊山が口を開いた。

静かで、哀しみの滲む声だ。

「いえ、ね。こんな風に、楽しく話をした娘さんのことを思い出しまして。吉原の新造をしていた娘で、身請けされ、幸せに暮らしているはずです。だから、こんなもの想いは、あの娘にとって邪魔なだけだと分かってます。でもね、時々考えるんですよ。あの娘が吉原の新造でなかったら。ただの町娘として出逢えていたら、きっと私はあの娘に恋をしていただろうって。可愛らしい仕草と、優しい心根が好ましかった。本当は怖がりのくせに、私の書く物語に気を引かれた振りを、一生懸命してくれていた。そのうち、誰よりも私の物語を楽しみにするようになりましてね。物語の中でさりげなく匂わせたことでも気づき、深く分かってくれていた。大層褒め上手だったから、きっと私達は、いい夫婦になっていたはずだ」

それから、照れを隠すように、ははは、と小さく笑って続けた。

「まあ、綺麗な娘でしたから、私の片恋に終わったかもしれませんが」

驚いたような顔で、佑斎は豊山を見つめている。血の気の少ないその頬を、涙が一筋伝った。

豊山が、ぎょっとして佑斎に問う。

「ど、どうしました」

佑斎が、軽く首を傾げて微笑んだ。

きっと、これは新造だった頃の山吹の仕草なのだろう。豊山が、可愛らしいと言っていた。

ふいに、佑斎が纏っていた儚さが、霧散した。

「ああ」

夢から覚めた顔で、佑斎が呟く。濡れた頬と目を、ぐい、と男の仕草で拭き、続ける。

「目に塵が入ったようです。大丈夫、取れました」

そうですか、とほっとしたように豊山は応じた。

それから暫く、二人は楽し気に語り合っていたが、豊山は山吹に、気づかないままだった。

「面白い話が浮かんだから、すぐに纏めたい」と言う豊山を先に帰し、拾楽と涼太は、佑斎に向き合った。

拾楽は、まず訊ねた。

「体の具合は、どうです。辛くありませんか」

「少し疲れていますが、なんてことはありません。大人しくしてくれていますから」

「やけに、豊さんと気が合っていたようですが。あれは、山吹さんですか」

その問いに、佑斎は微笑むことで答えた。涼太が、確かめた。

「お嬢は、どうしてる」

確かめるような小さな間の後、佑斎が答えた。

「うれし泣きに暮れています。おや、叱られてしまった。恥ずかしいじゃないか、と」

涼太は、その話に安心するかと思いきや、まじまじと佑斎を見つめた。

佑斎が、戸惑った顔をした。

「何でしょう」

「佑斎さん、なんだって口寄せを辞めちまったんだい」

佑斎の頬が強張ったが、涼太は続けた。

「お前さんは、おいらが会った中で、一番腕のいい口寄せだ。なのに、なんで」

佑斎は、涼太から板戸へ視線を移した。

その先には、天がいる。

「しくじったんですよ。取り返しのつかないしくじりをね、しました」

どんなしくじりだったのか。

訊けずにいた涼太と拾楽に、佑斎は痛々しい笑みを向け、告げた。

「私は、天の仇なんです」

それから、豊山と拾楽、涼太は時折佑斎の住まいを訪ねた。

佑斎は「天の仇」だと告げたことが、まるでなかったように、穏やかに三人を歓待してくれた。

山吹は、大人しくここで力を蓄えることにしたようだ。今戻っても、またつい、花を咲かせたくなるから、と言っているらしい。

「相変わらず、あの世へ行く気はないようですけど」

佑斎と話すと、色々な話が浮かぶらしく、決まって先に帰る豊山を見送ってから、佑斎は困ったように、告げた。

「豊さんが天寿を全うしてあの世へ行くまで側にいるそうです。一緒にあの世へ行き、一緒に生まれ変わって、今度こそいい夫婦になるのだと、張り切ってますよ」

涼太が、渋い顔をした。

「こりゃ、豊さん、力の戻った山吹さんの悪戯に、悩まされるぞ」

拾楽と佑斎は、顔を見合わせて、噴き出した。

其の二　色恋始末

右腕の未練

御頭は、並ぶ者のない大盗人だった。

手下を幾人も従え、鮮やかに、容赦なく、盗みを働いた。

「鯰」の二つ名の通り、ぬるりと、捕り方の手をすり抜け、役人を出し抜いた。

厳しく一味を律する一方で、子供のような悪戯をすることもあった。

そんなお人の右腕でいられたことは、おいらの、何よりの誇りだった。

最期の一瞬まで「鯰」の右腕でいられたのだから、いい一生だった。

おいらを喪くしたことを、御頭は哀しんでくれた。

おいらがいないなら意味がないと、「鯰一味」を壊してくれた。

それだけで、もう十分だ。この世には何の未練もない。

ただ、心配なだけだ。

御頭。

あの、生白いひょろりとした男は、危ねぇ。

頼みやす。

「黒ひょっとこ」とは、関わらねぇでくだせぇ。

＊＊＊

大層鬱陶しかったけれど短かった梅雨が、明けた。

おはまが拾楽を訪ねてきたのは、よく晴れた夏の空に白い雲が流れる、からりとした朝だった。じりじりと、熱い日差しが肌を焼くまで、まだ少し時がある。

「先生、朝早くにごめんなさい」

済まなそうにしているだけでなく、何か言い難そうにしているのが、おはまらしくない。

おはまは器量よしで気立てが良く、敏い。大店の通い奉公は、掛け持ちをするほど奉公先に気に入られ、信を置かれている。

そんな引く手数多の女子が、一体どこをどう間違えたのか、くたびれた中年男の拾楽を好いてくれている。

可愛らしさと心の強さを兼ね備えているこの娘が、拾楽にとって「大切な女」になったのはいつの頃からなのか、拾楽自身はっきりしない。

随分長いこと、おはまの想いに気付いていながら、知らぬふりを貫いていた。「鯖猫長屋」へ落ち着いて暫くは、堅気の面倒事に巻き込まれるのは御免、という想いが勝っていた。長屋に馴染み、店子達に絆されてからも、おはまとの間に視えない仕切りを立てて過ごしていた。

それでも、おはまは「ただの店子仲間」という、拾楽にとって気楽な付き合い方をしながら、変わらず想い続けてくれた。その根気に負けたのかもしれない。

ただ、待たせ過ぎたせいか、今度は拾楽が本心を匂わせてみても、おはまは気づかない。「これは自分の片恋だ。店子仲間として親しくできればそれで十分」と、思い込んでいるらしい。

自分の煮え切らなさ、間抜けさ加減に、蹴りのひとつでも入れてやりたいくらいだ。

拾楽は、ずっと恐れてきた。

拾楽の元の生業——一人働きの盗人——が、おはまを危ないことに巻き込むかもしれない。明るいお天道様の下が似合う娘に、闇で生きてきた中年男は不釣り合いだ、と。

それでも、自分はおはまを遠ざけられなくなっている。

正直なところ、まだ、恐れや迷いは残っている。

どうするのが、おはまにとって幸せなのかも、よく分からない。

はっきり、「惚れているのだ」とおはまに伝えられるほど、腹も据えられずにいる。

ただひとつ、決めていることがあった。

おはまは、自分が護る。

拾楽が引き寄せた危ないことからも、長屋に集まる厄介事からも、おはま自身が巻き込まれた騒動からも。

だから、おはまのいつもと違う顔つきや、歯切れの悪い物言いに、心がざわついた。

拾楽の足許にやってきたさくらが、長い尾で拾楽の脹脛辺りを、軽く叩いている。

――じれったいわね。

そう言われている気がして、拾楽は苦笑いを零した。

畳んだせんべい布団の上にいたサバも、さくらの後から寄ってきて、いつものように拾楽の足の甲を、敢えて爪を立てた足で踏みつけ、おはまに挨拶に行った。

——こんな馬鹿、放っておけ。

冷ややかな榛色の瞳が、そう言っていた。

——それもそうね。

とばかりに、さくらもおはまに甘える。

「おはよう、大将、さくら」

おはまがとび切りの笑顔でサバとさくらに応じ、「抱っこ」を強請るさくらを抱き上げた。サバは、何かあったのか、という風に、拾楽とおはまの間に陣取って——間違いなく、おはまとの仲を邪魔しようという嫌がらせだ——、おはまの顔を見上げている。

榛色の目に後押しされるように、おはまが「あの、先生」と切り出した。

にっこり笑って、

「何です」

と促すと、おはまは意を決した顔で続けた。

「先生、札書き屋の佑斎さんと親しくしてるの、よね」

なんだ、佑斎のことか。

がっかりした自分に、拾楽は軽く狼狽える。おはまの硬い様子から厄介事の匂いがしていたのに、一体何を期待していたのか。

口ごもりがちのおはまが話しやすいよう、穏(おだ)やかで軽い口調(くちょう)で応じる。

「まあ、親しいというほどではありませんが、付き合いはありますよ」

「先生に、こんなことをお願いするのは、申し訳ないんだけど——」

どうにも言い辛(づら)そうだ。

「何でも、言って下さい。おはまちゃんの頼みなら、いつだって、なんだって、叶(かな)えますよ。危ないことじゃなければね」

おはまが、目を丸くして拾楽を見た。

ぽ、と頬(ほお)にうっすらとした、紅(べに)が散る。

けれどすぐに「あ、そんなはずないわよね」という顔になって、艶(つや)の欠片(かけら)もない微笑と共に、軽い応(こた)えが返ってきた。

「ありがと」

ううむ、手ごわい。

こっそり唸(うな)ると、さくらが冷ややかな視線をこちらへ向けてきた。

一体、誰のしくじりでおはまがこうなったと思っているのだ、と言いたいようだ。

天真爛漫(てんしんらんまん)なさくらでも、女子同士、おはまの肩を持つのかもしれない。

苦笑い混じりに、拾楽はおはまを促した。そろそろ、奉公先へ出かける支度をしなければならないだろう。

「その頼みってのを、聞かせて下さい」

おはまが、小さくひとつ頷いて、言った。

「佑斎さんから、御札を頂きたいんです」

お化けの気配でもしたか、と訊きかけて拾楽は呑み込んだ。

おはまは、お化け、妖の類が大の苦手だ。藪蛇で、おはまを怖がらせてはいけない。言葉を換えて、訊き返す。

「悪い夢でも見ましたか」

おはまが、はっとして、首を横へ振った。

「あ、違うの。あたしじゃなくて」

拾楽は、顔を顰めた。

「じゃあ、貫八さんにですか」

おはまが、ふるふる、と再び頭を振る。

「『大貫屋』さんのお嬢さんが、『どうしても叶えたい願い事』があるらしくて」

おはまの答えに引っかかるところはあったが、拾楽はまず確かめた。

「『大貫屋』さんってのは、池之端仲町の」

おはまが、小さく頷く。

「大貫屋」は、おはまの奉公先のひとつだ。不忍池の南岸、池之端仲町にある米問屋で、おはまとの付き合いは、奉公先の中で一番長い。

去年の夏、猫や子供を殺めて楽しむ厄介な男におはまが目を付けられた時、色々庇ってくれた、恩人の店でもある。

拾楽は、問いを重ねた。

「そこのお嬢さんが、佑斎さんの御札を欲しがっておいで、ということですか」

「ええ」

「病除け、風邪除け、災難除け、とは、違うようですねぇ」

こくりと、おはまが小さく頷いた。おはまは、ひたすら申し訳なさそうだ。

「どうしても叶えたい願い事、ですか」

また、おはまが頷く。

「佑斎さんに限らず、御札ってのは、そういう使い方をするもんじゃあないと思いますが」

そもそも、御札というのは、「護り、祓う」ためのもので、願いを叶えるものではない。

佑斎なら、頼めば書いてくれるだろうが、その「どうしても叶えたい願い」とやらが叶わなかった時、その怒りがおはまや佑斎に向かうことを、拾楽は案じた。

ところが、おはまが目を丸くした。

「先生、このところの噂を知らない」

可愛らしく上がった言葉尻に、つい口許が緩みかけた。

サバが、どす、と拾楽の足の甲に尻を載せた。拾楽は慌てて顔を引き締めた。こほり、と空咳で誤魔化し、訊き返す。

「噂って、何です」

「佑斎さんの『観音様の御札』を持っていると、願い事がひとつ叶うって。あちこちで、評判なの」

昨日、豊山を連れて佑斎を訪ねたが、そんな話は聞かなかったし、大して忙しそうにもしていなかった。

こりゃ、噂が独り歩きしてるな。

拾楽は、腹の裡でこっそり呟いた。

おはまも、さぞ困っているのだろうと、察する。

きっと、そのお嬢さんをやんわりと窘(たしな)めもしたはずだ。

御札は、願いを叶えるためのものではない、と。

ふと、厭(いや)な考えが浮かんだ。

誰かを呪(のろ)うための札、というのは、確かにあるかもしれない。もしやそういう類の「願い」ではないか。

拾楽は、おはまを見た。

拾楽の危惧(きぐ)と、似たようなことを心配しているのか、綺麗(きれい)な黒の瞳が心配そうに揺れている。

かと言って、相手は、奉公先で恩人のお嬢さんだ。頼みを無下(むげ)に断ることもできない。

悩んだ末に、拾楽を頼ってきた、というところだろう。

「その、お嬢さんの願いってのを、訊いても」

おはまが、さりげなく拾楽から顔を逸(そ)らした。

「詳しいことは、教えて頂けないんだけれど——」

項(うなじ)の辺りが、ちりちりと痛む。有難(ありがた)くない「虫の報(しら)せ」だ。

ふう、と拾楽は息を吐(は)いた。

「それでも、おはまちゃんは何となく察しが付いてる」

はっとした風でこちらを見たおはまに、拾楽は軽く笑んで見せた。

これは多分、ただの「お嬢さんの我儘」ではない。

感心しないことだと分かっていても、力を貸したいとおはまが思うほどには、込み入った経緯をはらんでいる。そして、それを軽々しく口にしてはいけないと、おはまは考えている。

拾楽は、するりと話を札へ戻した。

「その『観音様の御札』ってのは、札書き屋に願いを伝えなくても、書けるもんなんですかね」

おはまが、お嬢さんから逸れた話に、ほっとした様子で頷いた。

「お嬢さんの話では、そうみたい」

佑斎も、随分と安請け合いな札を売りだしたものだと思うが、詳しい話は佑斎当人に訊いた方がいいだろう。

拾楽は、もう一度、ううん、と唸ってから、応じた。

「書いて貰う約束はできませんが、頼んでみましょう」

告げれば、おはまは喜ぶかと思いきや、安堵半分、申し訳なさ半分の顔で、「ごめんなさい、先生」と呟いた。

少し笑って、しょげてしまったおはまを慰める。

「おはまちゃんが詫びることじゃあないでしょう」

「でも、こんなことで先生を煩わせるなんて――」

拾楽は、軽い物言いに、本心を載せてみた。

「いやだなあ、そんな顔をしちゃあ。あたしは、おはまちゃんの喜ぶ顔が見たくて、引き受けたのに」

刹那、おはまが再び、ぽ、と頬を染めた。

だがすぐに空を見上げ、妙に得心した顔で呟く。

「今日も暑くなりそうね」

そう来たか。身から出た錆とはいえ、手ごわい。

苦笑いの拾楽に、おはまは明るく告げた。

「ありがとう、先生」

見たいと望んだ通りの「喜ぶ顔」が拝めただけで、よしとするか。

拾楽は店子仲間の顔で、「お安い御用ですよ」と応じた。

「大貫屋」の内証が関わってくるかもしれない。下手に話を広げない方がいいと、拾楽はひとりで佑斎の住まいを訪ねることにした。

めずらしく、出かける気になっている様子のサバに、訊いてみる。

「いいのかい。おはまちゃんも言ってたけど、今日は暑くなりそうだよ」

きらり、と榛色の瞳が剣呑な光を放つ。

――いいから、行くぞ。

そんな風に、顎で、くい、と外を指したように見えたのは、きっと気のせいではないだろう。

さくらは、

――えー、出かけるの。暑いのに。

と言いたげにのそのそとついて来たが、金の瞳はきらきら輝いている。

甘えん坊で、楽しいことが大好きなこの娘が、暑かろうが寒かろうが、ひ、ひとりで留守番なぞするはずがないのだ。

やれやれ、やっぱり大所帯になるのか、と溜息を吐き、出かけることをおてるに告げ、拾楽は長屋を後にした。

時が過ぎる程に日差しは強くなったが、そよそよと吹く風が心地よく、浅草寺北までの道は、思いのほか楽だった。

田畑の真ん中にぽつんと建つ佑斎の小さな住まいは、風を入れる為だろう、入り口の引き戸が開け放たれている。その入り口の前には、いつもと同じように天が寝そべっていて、サバとさくらに気づくと、小さく尾を振った。近づいた猫達と鼻で軽い挨拶を交わしてから、ようやく拾楽をちらりと見た。

「やあ、天。そこは暑くないのかい」

話しかけてみたものの、ふい、とそっぽを向かれてしまった。

扱いが違うなあ。

小さな小屋だ。天へ話しかけた声が、佑斎にも聞こえたのだろう。

「猫の先生、どうぞ中へ。すみません、いまちょっと、手が離せないもので」

豊山や涼太に釣られる格好で、佑斎もいつの間にか、拾楽を「猫の先生」と呼ぶようになった。

佑斎に促され、拾楽は、素っ気なく寝そべり直した天を横目に、「お邪魔します」と呟いて、上がり込んだ。

佑斎は必死な顔で、札を書いていた。団扇の日限に焦る拾楽自身を思い出し、苦笑いを零す。

札を一枚書き終え、佑斎が詰めていた息を解いた間合いに合わせ、声を掛ける。

「お忙しいようですね。お邪魔でしたら、改めますよ」

拾楽の遠慮などどこ吹く風で、サバとさくらは、勝手に動き出した。サバは、さっさと板の間に上がり込み、大人がようやく二人座れるほどの小さな縁側で丸くなった。銀杏の影が差し、いい風が通り抜けていく、この住まいで一番涼しい場所だ。さくらは、サバのいる縁側と入り口を迷うように見比べてから、天をからかいに戻った。

ぷ、と佑斎が噴き出した。

拾楽は、ばつが悪くなり、「その、うちの猫達が、すみません」と詫びた。

「お蔭で、ほっとできました。一休みしようと思っていたところです。甜瓜でも、いかがですか」

丁度喉が渇いていたところだ。ありがたく頂くことにした。

野郎二人で、甘く瑞々しい瓜を齧りながら、ぽつぽつと話をする。

大人しく力を蓄えることに専念している山吹の様子。拾楽の団扇の仕事が忙しいとか、佑斎の札を市松がすっかり気に入ってしまい、半ば玩具になっている、とか。

ふと、小さな間が空いたことをきっかけにし、拾楽は切り出した。

「佑斎さんこそ、お忙しそうじゃありませんか」

佑斎が、ふ、と、文机に並べた札を見遣った。

「ああ、これですか。このところ、ちょっとした評判になってましてね」

自慢には聞こえない。嬉しそうでもない。むしろ、困った、という響きが強い。

「願いが叶う『観音様の御札』って奴ですか」

苦い笑いを、佑斎が拾楽に向けた。

「先生の耳にも入ってるとは、弱ったな」

「実は、知り合いの知り合いに、頼まれましてね」

「ああ、いいですよ。ひとつお持ちになって下さい」

さらりと応じた佑斎を、拾楽は見つめた。

容易く譲っていい札なのか。どんな呪いを込めているのか。本当のところ、効き目はあるのか。

言葉にしなかった問いに、佑斎が答える。

「軽い、無病息災の呪いを掛けてあるだけですから。誰が持っていても心配いりませんし、誰かに譲っても、捨ててしまっても、何も起きやしません」

「やはり、噂が独り歩きしてましたか」

い。

また、佑斎が困った様に笑った。

ことの始まりは、他愛のない商いだったそうだ。

大層よく効くが、どこで商っているかはっきりしないから、なかなか手に入らない。

佑斎の札は、元々そういう評判だった。

ある時は往来の片隅で、ある時は振り売りのように売り口上と共に歩きながら、札を売る。山吹が「『鯖猫長屋』に帰りたい」そぶりを見せれば商いには出ないし、一旦出ても、厭な気配を感じれば切り上げて戻る。

そんなだから、運よく佑斎に出逢えた客達は、大喜びをする。

偶々振り売りの真似事をしていた時に、若い女の客と行き合った。

佑斎を見つけ、喜んだものの、嬉しすぎて頭が回らず、どんな札を頼んでいいか分からないと、今にも泣きだしそうな様子で騒いだ。

このままでは、客どころか野次馬にも囲まれてしまう。

そこで佑斎は、観音様の梵字に軽い「無病息災」の呪いを木札に込めて、客に売った。

まず、息災でいることが大切だ。生きていてこそ望みは叶うのだから、と言い添えると、客は頬を染め、大切そうに札を押し戴いて、去って行った。

　経緯を聞き、拾楽が確かめる。

「それが、願い事が何でもひとつ叶う『観音様の御札』に化けた、と」

「観音様が叶えて下さるのは、無病息災だけではありませんから。あのお客さんの、小さな心の支えになれば、と考えたんですが、浅はかでした」

　恐らく、女の客が佑斎の札を買ってすぐ、偶々、願い事が叶ったのだろう。

　佑斎の言う「観音様の御利益」が働いたのかもしれない。

　賑やかな性分の女子だったようだから、あちこちで言って回ったに違いない。

　佑斎の札は、よく効くというが、「観音様の御札」は飛び切りだ、と。

　ふう、と佑斎が文机の脇に置かれた箱を眺め、苦い溜息を零した。

　起き上がったサバが、ちらりとそちらを見遣り、つまらなそうな顔で丸まりなおした。

　拾楽は、訊ねた。

「その箱の中身は、ひょっとして」

「ええ。『観音様の御札』です」

「なんでまた、こんなに沢山。どこで誰に売るんです」

答えない佑斎に向かって、言葉を添える。

「お前さんは、目立たぬよう、細々とした商いに徹していたでしょうに。自分と天が食うだけの稼ぎがあれば、充分だと」

その話を聞いた時は、拾楽と「お互い様だ」と笑い合ったのだ。

諦めたように、佑斎は微笑んだ。

「当分は、仕方ありません。これしか売れないんですから」

佑斎がいる、と分かれば、「観音様の御札」を求めて客が集まる。その場でそれぞれに合わせた札を書いている暇もない。だから、こうしてあらかじめ書いておいて、名も入れず、さっと売っては逃げるように商いの場所を変える。

ここ暫く、その繰り返しなのだという。

拾楽は静かに窘めた。

「後々、厄介なことになるかもしれませんよ」

落ち着いた様子からすると、この男もそれは承知のようだ。

占いなぞ「当たるも八卦、当たらぬも八卦」。呪い札も似たようなものだ。

「鰯の頭も信心から」と言う通り、信じただけで、物事は案外上手く回っていく。

「観音様の御札」を、そんな風に捉えられる者ばかりなら、心配は要らない。

だが、評判になればなるほど「真に受ける奴」は出てくる。そんな奴ほど、裏切られた時の怒りは大きい。

ふう、と拾楽は溜息を吐いた。

「やはり、『知り合いの知り合い』の話は、一度忘れて下さい」

佑斎が、拾楽を見て首を傾げる。

「ご入用なのではないですか」

「この御札を欲しがっているお人の望みや人となりを、あたしがちゃんと確かめてから、お願いするべきでした」

心配ないようなら、改めて頼みに来る、と告げた拾楽に、佑斎が箱からひとつ、札を取り出して差し出した。

「構いませんよ。どうぞ」

「ですがね、佑斎さん」

「こういう生業してるとね、先生。『当たった』『当たらない』に纏わる厄介事が、多かれ少なかれ、ついて回るもんなんです。いちいち気にしてちゃ、稼げません」

傷ついた佑斎の目が、こう言っている気がした。

あの時に比べたら、どんな厄介事だって、大したことじゃない、と。

背中に強い視線を感じて振り返ると、天が佑斎を、サバが拾楽を、じっと見ていた。

——余計なことを訊くなよ。

と、サバが拾楽を脅している。

つまり、佑斎の傷ついた目が示す何かには、天が関わっているということだ。佑斎は、自分を「天の仇」だと言った。

拾楽は、心中でこっそりぼやいた。

言われなくたって、そんな野暮はしないけどね。こっちは「鯖猫長屋」に降りかかる厄介事だけで手一杯だし。

それにしても、サバは天の肩を持つつもりらしい。暑くなるのが分かっていてついて来たのも、天を気にかけてのことだろう。

ふと、ほんの一時長屋にいた犬、アジを思い出した。本当の名は鋼丸。主の代わりに、主が仇と定める者を見つけた、賢い犬だった。

また、仇か、とぼやきたくなる程には、佑斎の厄介事に巻き込まれるだろうことは、既に見当が付いている。

つい、明後日の方角をぼんやりと見た拾楽に、佑斎が念を押してきた。

「くれぐれも、何も言わず、何も訊かず、お売りください。この札を欲しがる人は、人に言いたくない願いを抱えているお人が多いので」

なんだか、気に入らない。

拾楽は思った。

「そこまで気を遣わなきゃあ、いけませんか。相手は、勝手に『観音様の御札』の御利益を作り上げ、勝手にありがたがってる連中ですよ。佑斎さんは、ひと言だって願い事がどうした、なんて言ってないのでしょう」

「この御札の正体を明かさずに、黙って売ってるんだ。噂の通りだと認めて、商いしているのと同じです」

「なるほど、確かに。経緯はどうあれ、本当のことを知ってしまえば、大層胡散臭い。風邪薬だと手渡されたもんが、実はうどん粉だった、ってなもんですからね」

自分の札を「胡散臭い」と言われたのに、佑斎は揺らがない。

「猫の先生。この御札の正体と、お客さんの心に秘めた願い事とは、全く別の話ですよ。胡散臭い札を買うからといって、願い事も胡散臭いとは限らないでしょう」

佑斎は、札の正体が知れれば、客の怒りが自らへ向くことも分かっていて、売っているのだ。自分の札を求める客の心が、少しでも軽くなるように、と。

拾楽の胸の隅で、苛立ちがむくむくと膨れ上がった。

自分の評判が地に落ちても、赤の他人の小さな心の平安が守れればいいってか。お偉(えら)いこって。

だが、こっちは善人の向こう岸で生きてきた元盗人だ。見ず知らずの誰かの望みなんぞ、大きかろうが小さかろうが、知ったことではない。

にゃおう、とサバが鳴いた。

――少し頭を冷やせ、馬鹿。

窘められた気がして、はっとする。

いつの間にか、頭の中が「黒ひょっとこ」に、戻っていた。

薄っぺらい笑い混じりで、拾楽は取り繕(つくろ)った。

「何も言わず、何も訊かず、ですね。分かりました」

言わず、訊かずに、黙(だま)って探るのはいいって、ことだよな。

「黒ひょっとこ」がわずかに抜け残る心中の呟きは、おくびにも出さず、拾楽は銭(ぜに)を払って札を受け取り、佑斎の住まいを出た。

天をからかう遊びに夢中だったさくらが、帰るのを渋(しぶ)るかと危(あや)ぶんだが、拾楽の顔を見るや、大人しくついて来た。

少し前を進むサバと、拾楽の傍(かたわ)らに寄り添うさくらに、訊(たず)ねた。

「あたしは、そんなにささくれ立ってるかい」

サバは、返事もしない。

さくらが、長く綺麗な尾を軽く揺らした。

――いやあね。自分で分かってないの。まったく、世話が焼けるんだから。

さくらの声が聞こえた気がして、拾楽は「御厄介をおかけします」と、詫びた。


拾楽は、一度長屋へ戻り、朝、サバとさくらの為に炊いた飯の残りを茶とおてるの漬物で流し込み、再び出かけた。既に日差しはうんざりするほど強く、湿気が肌に纏わりつくようだ。

二匹は美味そうに水を飲んだ後、ひんやりとした水甕に巻き付くように、びろんと伸びた。

既に見慣れた、夏の眺めだ。

まあ、この暑さじゃあ、ついてきてくれないのは分かってたけどね。

苦笑い混じりで「じゃあ、行ってくるよ」と声をかけ、腰高障子を引き開けると、おてるが、ひょいと顔を覗かせた。

「また、出かけるのかい」

誤魔化して出かけちまおうか。

ちらりと過った考えを、拾楽はすぐに捨てた。

朝のおはまとの遣り取りは、おてるの耳にも届いていただろう。

「ちょっと、気になることがありまして」

案の定、おてるが「ああ」と頷いた。

「今朝のおはまちゃんの頼みのことかい」

「聞いてたのに、よく黙ってましたね」

「聞いてたんじゃない。聞こえちまったんだよ」

「はいはい。で、おはまちゃんを窘めなかった訳を訊いても」

あしらうように応じた拾楽に、おてるは目尻を険しくしたが、ふん、と鼻を鳴らしてから答えてくれた。

「あの娘の奉公先のことまで、口出せる訳ないだろう。それに、おはまちゃんだって気が乗らない様子だったじゃないか。色々、褒められたこっちゃないって承知でやってるんなら、止められないさ」

おてるは、拾楽を値踏みするように眺めてから、訊ねた。

「それで、有難い『観音様の御札』とやらは、貰って来たのかい」

「ええ、まあ」

「気になることってのは」

言いたくないけど、言わないと出かけさせて貰えないだろうなあ。

ふ、と息を吐いて、拾楽は打ち明けた。

「有難い筈の『観音様の御札』ってのが、ちょいと危なっかしい代物でしてね。おはまちゃんに渡す前に、こいつを欲しがってる『大貫屋』のお嬢さんの経緯ってのを、確かめられたらな、と」

札を収めた袂を、ちょいと揺らして見せると、おてるがなぜか、にんまりと笑った。

「何です」

「何でもないよ」

「何でもない笑い方じゃないですよ。怖い、怖い」

「おや、そうかい。そりゃすまなかったね」

「だから、何ですったら」

「朴念仁の先生が、随分絆されたもんだって、思ってねぇ」

おてるのにんまりが、物言いにまで滲んでいるようだ。

ふい、と拾楽は明後日の方を見た。

「おはまちゃんが厄介事に巻き込まれたら、長屋は大騒ぎでしょう」

「はいはい」

ついさっき、おてるをあしらった相槌を真似られ、拾楽は顔を顰めた。

おてるが、澄ました顔で拾楽を宥める。

「あたしは、いいことだって言ってるんだよ。さあさあ、おはまちゃんが帰って来る前に、その経緯とやらを確かめたいんだろう。とっとと、お行きよ。大将とさくらは、あたしが見ててやるからさ」

ひんやりした水甕か、おてると煮干しか。

きっと、サバはおてるに義理を通すだろうし、さくらは食い意地が張っている。

水甕に後ろ髪――猫なら後ろ耳か、あるいは尻尾か――を引かれながら立ち上がる二匹を思い浮かべ、拾楽は笑った。

おてるに後を頼み、「大貫屋」のある、池之端仲町へ向かう。

不忍池は蓮の花が見頃で、白や紅、薄紅、黄、色とりどりの花が咲き揃っている。

蓮見物の人出も大層なもので、物見遊山に遠出をしてきた者と界隈の住人が入り混じっていて、「大貫屋」とその周りの密やかな噂を拾うには、不向きだ。

時も限られているし、ここは手っ取り早く済ませるかと、池の東南、寛永寺仁王門前町の「見晴屋」を訪ねることにした。

「見晴饅頭」と「蓬長寿饅頭」が大人気の饅頭屋だ。とりわけ、「蓬長寿饅頭」は、春に一年分を摘み乾かした蓬を使うため、年中食べられる。縁起のいい名と相まって、「見晴饅頭」よりもよく売れているらしい。

主のお智は、「鯖猫長屋」の店子仲間でもあり、家主でもある。また、おてるをお節介の焼き方の手本にしている、いわば「弟子」だ。

仁王門前町も、いつも以上に賑わっていたので、さぞや「見晴屋」の前は人だかりだろうと思っていたが、案外人は少ない。

恐る恐る店先を覗くと、手代が客に詫びながら、小さな木の札を渡していた。

佑斎といい、巷では「木の札」が流行っているらしい。

手にした札をしげしげと眺めながら店を出る客と入れ違いに拾楽が店へ入ると、目端の利く手代がすぐに気づいて、笑みを見せた。

「いらっしゃいまし、猫の先生」

「もう、売り切れですか」

手代が、嬉しそうな、疲れたような、込み入った顔をした。

「八つ頃に、次が出来上がるんですが、その前に売り切れちまいましてねぇ」

「すれ違ったお人が、何やらお持ちでしたが」

ああ、と手代が得意げな顔をした。

「朝と午と八つ、三度饅頭を蒸してるんですが、毎度足りなくなっちまって。せっかくいらして下さったお客さんにお求めいただけないのは、申し訳ないって女将さんがおっしゃるもんで、手前が工夫したんでございます。今流行りの『観音様の御札』をちょいと真似させていただいて」

言いながら手代が見せてくれたのは、佑斎の札よりも二回りほど小さな木の札が二枚。

表には、「いろは」の仮名と「見晴屋」の屋号、裏を返すと、それぞれ「蓬長寿饅頭」「見晴饅頭」と、焼き付けられている。

「こいつをお客さんにお預けして、こっちは台帳に幾つご入用かを控えて、その分の饅頭を避けておく。今日中に札を持ってお越しいただけたら、間違いなくお求めいただけるって寸法です」

「なるほど、よく考えましたねぇ」

へへ、と手代が嬉しそうに笑ったところへ、お智が奥から顔を出した。

「いらっしゃいませ、猫の先生。八つに蒸したてが出来上がりますので、それまで奥でお茶でもいかがですか」

こりゃどうも、と礼を言い、促されるまま店の奥、二階へ上がる。

「見晴屋」は二階建てで、一階は広々とした店と饅頭をつくる作業場、勝手。二階は、店の上に乗る格好で、客間とお智が帳場に使っている小部屋、お智が暮らす居間に寝間(ねま)が、それぞれこぢんまりと並んでいる。

居間に腰を落ち着けてすぐ、番頭が茶を持ってきてくれた。

外が暑いと、濃いめに淹(い)れた熱いお茶は、かえってすっきり感じるから不思議だ。

「長屋は、変わりありませんか」

お智が訊ねた。

家主として、というよりは、暫く顔を出していない長屋が恋しい、という口ぶりである。

お智は、立派な表店(おもてだな)で暮らしている癖(くせ)に、わざわざ「鯖猫長屋」にひと部屋持ち、時々息抜きに帰って来る。

「繁盛(はんじょう)している饅頭屋の女主」に疲れると、裏長屋暮らしに戻りたくなるのだそうだ。

今は、忙しすぎてその息抜きさえもできずに哀しい。

整った形をした切れ長の目が、切々と訴えてくる。

拾楽は、笑って答えた。

「ちょっとしたごたごたも含め、変わりありませんよ」

ああ、とお智も笑う。

「店子になりたいという方がいるそうですね。生業が拝み屋さんで、何やら下心がありそうだから断ったと、磯兵衛さんから聞いています」

お智の言う「下心」とは、「鯖猫長屋」になぜか寄って来る「お化け、妖」の類に関することだ。佑斎の目当ては長屋に住みついている山吹だったのだから、磯兵衛の言うことは、確かに正しい。

だが、長屋の店子の山吹を助けてくれている内幕を承知の拾楽としては、何とも心苦しい。もっとも、その内幕を明かす訳にもいかないのだが。

「まあ、悪い人じゃあないんですけどね」

ぼんやりと取り成した拾楽を、お智が、おや、という風に見た。

「先生、その拝み屋さんとお知り合いですか」

「豊さんや涼太さんと、たまに会ってますよ。拝み屋は元の生業、今は札書きをしている、佑斎さんというお人です」

お智の目が、丸くなった。

「佑斎さんって、あの『観音様の御札』の」

「おや、よくご存じで」

お智が、束の間(つかのま)言葉を探すように黙り、ほんのりとばつが悪そうに呟いた。

「そりゃあ、お世話になってますから」

「お客さんに渡してる、木札ですか」

「ええ」

「あれは、いい工夫ですね」

明るく言った拾楽に、お智がぎこちなく笑う。拾楽は、話を戻した。

「磯兵衛さんの見立てに間違いはありませんよ」

「先生」

「確かに、佑斎さんは悪い人じゃあありません。ですが、それとこれとは別だ」

性根(しょうね)の悪い奴は論外として、「鯖猫長屋(うち)」の店子として大事なのは、「妙なものを呼ばない」ことである。磯兵衛も、何よりそこを見て佑斎を断ったはずだ。

お智が、ほろ苦い笑みを浮かべた。

「分かってます。磯兵衛さんの決めたことに口を出すつもりもありません。ただ、他人様から聞いた話を鵜呑みにして、会ったこともないお人のことを、あれこれ言うものじゃないな、と。札の工夫を拝借しただけとはいえ、お世話になった方に失礼な物言いをした自分が、恥ずかしくなっただけです」

お智らしい真っ直ぐさは、長屋の店子だった頃も、饅頭屋の女主になった今も、変わらない。

出逢った頃は、真っ直ぐさだけが際立っていて、はた迷惑なところもあったが、おてるの弟子に収まり、商いを取りまとめるようになって、広いものの見方と落ち着きが加わった。

じとりと、お智が胡乱げな視線を拾楽に当てた。

「私の顔に、何かついていますか」

こりゃ、しげしげと見つめ過ぎたか。

「いえね、更に器量良しになられたなあ、と思いまして」

拾楽は、人としての器のつもりで言ったのだが――お智は、元より美人だ――、饅頭屋の女主は眉間に寄ったしわを深くした。

「そういう台詞は、おはまちゃんに言ってあげて下さいな」

今度は、拾楽が苦く笑む番だった。

あたしにしちゃあ、せっせと言葉にして伝えてるつもりなんですけどねぇ。おはまちゃんは取り合っちゃくれないんですよ。

腹の中でぼやいてから、話を変える。

「そのおはまちゃんのことで、少し伺いたいことがありましてね」

たちまち、お智が、にんまりと笑った。

「あら、まあ。うちの饅頭をお求めにいらしたのではなかったんですね。それは残念」

おてるやお智、涼太。「事情」に気づいている連中にからかわれるのにも、いい加減慣れてきた。

「ちっとも、残念に聞こえませんよ。それに饅頭も伺った用事のひとつです」

身内のようなお智の店ということを差っ引いても、「見晴屋」の饅頭は美味い。長屋の店子仲間も揃って好物だ。「見晴屋」へ足を運んで饅頭を買ってこなかったと知れたら、おてるに何を言われるか分からない。

商人の顔で「毎度、御贔屓に」と応じたお智へ、拾楽は切り出した。

「『大貫屋』さんに関する噂話、何か耳にしちゃあいませんか」

お智が笑みを収めた。厳しい顔をして拾楽を見る。

今しがた、「会ったこともないお人のことを、あれこれ言うものじゃない」と自らの行いを悔いたばかりだ。本当かどうか分からない噂話を口にするのは、本意ではない、ということだろう。

だが、ここで引けない。

拾楽は、軽く身を乗り出し、低く言葉を重ねた。

「ちょいと急いでましてね。聞きかじった噂でも、感心しない陰口でも、何でも構いません。真に受けることはしませんから」

お智の頬が、引き締まった。詳しく話をする前に、察してくれたようだ。

「おはまちゃんに、何かあったんですか」

「今は、まだ何も」

お智が、考え込むように唇を噛んでから、口を開いた。

「これは、口さがない方々の、好き勝手な噂話も混じっていると思うのですが」と前置きをして、打ち明けてくれた「大貫屋」の噂話は、ざっと、こんな風だ。

このところ、池之端仲町辺りでは、「大貫屋」の総領娘に纏わる話でもちきりなのだと言う。

娘の名は、佳苗。歳は十七で、多くの大店のお嬢さんと同じように、縁談が持ち上がった。佳苗はひとり娘だから、嫁入りではなく婿取りだ。

相手は、南町奉行所与力の次男坊、小林貞二郎。羽振りのいい与力職を拝命しているとはいえ、御家人の次男坊が冷や飯食い、家にとって厄介者なのは変わりがない。

小林家はいい厄介払いとして、「大貫屋」は与力家と縁戚になれば、何かと融通を利かせて貰えることを見込んでの縁組だろう。珍しくもない話だ。

貞二郎は、まずは許婚として「大貫屋」に出入りをし、町人の暮らし振りに馴染んでから、婿に入る算段であった。

その貞二郎が、死んだ。

池之端仲町の南、下谷御数寄屋町にある小さな料理屋で付け火騒ぎが起きたのは、三日前のことだ。

勝手の脇に積んであった薪に火を付けられたという話で、火事自体は小火で済んだものの、料理屋の勝手で貞二郎の骸が見つかった。

頭を殴られて、死んでいたそうだ。

時を同じくして、池之端仲町、西の端に店を構える味噌問屋「立川屋」の娘おえよが、煤けて焦げた小袖で、真っ青な顔をして戻って来た。家の者は、おえよがいつ出かけたのかも分からなかったのだという。

おえよは、家にたどり着いた途端気を失い、まだ目覚めていない。

噂は、瞬く間に広がった。

貞二郎とおえよは、逢引きをしていたに違いない。運悪く付け火の場に居合わせ、災難に遭ったのだ、と。

ある者は、おえよが佳苗の許婚を横取りしようとしたのだと眉を顰め、ある者は、おえよと貞二郎の間に、佳苗が割って入ったのだろうと佳苗を悪く言っている。

拾楽は、首を傾げた。

「恋の鞘当てうんぬんの前に、小林貞二郎様かおえよさんが付け火をしたんじゃないかって方へ、話が行きそうな気がするんですが」

「付け火は、通りがかったお人が見ていたんです。火を付けていたのは、料理屋の奉公人で、小林様は倒れていたのですって」

「ほほう。じゃあ付け火をした奴はもう捕まった」

「いいえ、まだ」

「料理屋の主は、何と言ってるんです」

「それが、もぬけの殻なんです」

「なんですって」

拾楽は、思わず訊き返した。お智が困ったように頬に手を当て、軽く首を傾げる。

「夜逃げでもしたのでしょうか。まるで最初から空き家だったように、誰かが過ごしていた気配さえなくなっていたとか」

「その料理屋は、昔からある店ですか」

「半年ほど前からと、聞いています」

拾楽は、迷わず考えた。

恐らく、盗人一味の塒だ。表店をまるまるひとつ営むのなら、小さくはない一味だろう。

ひとつところに落ち着き、堅気に紛れながら、役人や世間の目を誤魔化し、腰を据え、時を掛けて大きな獲物を狙う、そんな一味だ。

始めて半年の料理屋を引き払ったということは、早々にこの界隈での盗人働きを済ませたか、あるいは、役人に嗅ぎつけられたか。いずれにしても、こういう話は掛井に確かめた方がよさそうだ。

敢えて、お智に告げるまでもない。近くに盗人が潜んでいたと知れば、穏やかではないはずだ。

「『立川屋』のお嬢さん、おえよさんは、その場に居合わせたってことですね」

さあ、とお智が言葉を濁した。

「何でも、その場から逃げ出した娘さんがいたって話ですが。一方で、同じ日に家へ戻ったおえよさんの小袖が煤けて、焦げてたらしいという噂話から、きっと小火があった料理屋にいたんだろうって」

「なるほど、勝手に決めつけた話を、まるで見てきたように広めたって訳ですか。おえよさんは、小林様と人目を忍んで逢っていたから、誰にも告げずに家を抜け出したのだし、恋しい男が殺められたのに、番屋へも寄らず、こっそり帰るしかなかったのだ、と」

「すみません」

「お智さんが詫びるこっちゃ、ないでしょう。無理に訊き出したのはあたしだ」

お智が、ほっとしたように笑った。

拾楽は、こめかみを人差し指で触れながら、呟いた。

「まあ、辻褄は合っちゃあ、いますよね」

「先生」

咎めるように拾楽を呼んだお智へ、拾楽はにっこりと笑って見せた。お智が訊く。

「この噂、おはまちゃんと関わりがありそうですか。先生は、何を心配していらっしゃるんです」

告げるか否か、ほんの少し、拾楽は迷った。

だが、お智のことだ。ここで何も知らせなければ、おはまを案じて探りに掛かるだろう。下手に藪を突いて出てくるのが、小さな蛇ならいいが、盗人一味が関わっているかもしれない。それに、おてるに伝えてある話を、お智に伝えない、という訳にもいかない。

ふ、と短い息を吐いて、拾楽は答えた。

「まだ、関わっているかどうかは、はっきりしていませんが、おはまちゃんが『大貫屋』のお嬢さんから、『観音様の御札』を手に入れてくれって、頼まれたみたいでしてね。おはまちゃんの様子からして、どうも軽い『願い事』じゃあなさそうなんですよ」

「小林様や、『立川屋』のお嬢さんに関わる願い事だ、と」

「そう考えるのが、堅いでしょうね」

「どんな願いなんでしょうか」

お智は、心配そうだ。

「さて。色々考えられますねぇ。例えば、何があったのか知りたい、なんてのは可愛いもの。思いつめてりゃあ、許婚を生き返らせて欲しい、とか。物騒なのなら、許婚に横恋慕していたおえよさんを、懲らしめて欲しい――」

「先生っ」

本気で叱られ、拾楽は首を竦めた。

「すみません。でも、あり得ないわけじゃあないでしょう。ですからね、くれぐれも、首は突っ込まないように、お願いしますよ」

軽くお智が狼狽えた。それから、ばつが悪そうに視線を泳がせ、拾楽から目を逸らしたまま、告げた。

「先生が動いていらっしゃるんですから、私は大人しくしています」

すぐに勝気な視線を拾楽に戻し、ずい、と膝を進める。

「でも、おはまちゃんに関わることで何か分かったら、知らせて下さいね」

「分かりました」

「きっと、ですよ」

拾楽は、軽く笑って「はい、はい」と往なした。

「そろそろ、饅頭が蒸けたようですね。いい匂いがしてきた」

腰を上げかけた拾楽を、お智が手振りで止め、立ち上がった。

「包んできます。長屋の皆さんの分と一緒で構いませんか」

「ええ。それから別の包みで掛井の旦那へ五つ。お代はお払いしますので」

「勿論、きっちり頂戴します」

お智が大層いい顔で、笑った。

やっとうはからきしの癖に、じっとしているのも苦手な掛井は、この刻限、どこにいるのか分からない。奉行所から引けた頃を見計らって、組屋敷を訪ねるのがいいだろう。

体が弱い掛井の新造、春乃の様子も気になるところだ。

さて、それまで、どこを探るか。

下手に「大貫屋」の近くをうろついて、おはまと鉢合わせしてはまずい。それならば「立川屋」だと、足を向ける。

娘の騒ぎがあっても、「立川屋」は店をしっかり開けていた。ただ、客の姿は疎らで、店の外から垣間見える手代や小僧の顔つきも、硬く昏い。

お智の話では、おえよと佳苗の噂で界隈は持ちきりだというから、そのせいだろう。

目を覚まさないという娘の様子を直に見られないか。

店が見渡せる辻の端から思案していると、ふいに、ざわりと、首の後ろが粟立った。

「立川屋」を離れるより早く、店から出てきた隻眼の男と目が合う。

歳の頃は、三十七、八。黒髪を儒者髷に整え、生成の小袖に留紺の袴、細かな引き出しが付いた、飴色の薬箱を手に提げている。

上背は拾楽に頭半分足りないが、肩幅と胸板は、ひょろりとした拾楽よりも一回り厚い。体躯はすらりと引き締まり、佇まいは爽やかだ。

粋な藍色の眼帯が、額の右側から右目、頬までを覆っていてもなお、顔立ちには、愛嬌と清廉さが滲む。

何より、男の放つまばゆい程の「生きる力」が、人を引きつけて離さない。

拾楽は、その男――蘭方医、杉野英徳から逃げることを諦めた。

英徳は、すでにその視線を拾楽に据え、まっすぐこちらに歩いてくる。

拾楽は、そっと身構えて、英徳が近づくのを待った。

「妙なところで会いますね、猫の先生」

英徳は、機嫌がよさそうだ。

「英徳先生こそ、こんなところで何を」

医者は、少しだれ気味の左目を、軽く瞠った。

「医者がすることは、ひとつでしょう」

拾楽に向かって「医者」とは、よく言ったものだ。

腕が確かで清廉だと評判の医者の正体は、日の本一の大所帯と噂されていた盗賊一味の頭、「鯰の甚右衛門」だ。

群れることを嫌い、一人働きの盗人に徹していた拾楽でさえ、その名に畏れを感じる、大盗人である。

その大鯰は、売れない猫描き画師に用があるらしい。

何の気まぐれか、あるいは知らぬうちに恨みでも買ったか。

恐らく、拾楽がかつて「黒ひょっとこ」と呼ばれた一人働きの盗人だったことは、お見通しだろう。

拾楽の周りで英徳が「鯰の甚右衛門」だと知っているのは、「深川の主」「妖、地獄耳に千里眼」と呼ばれる臨時廻同心、菊池喜左衛門――ニキの隠居のみだが、英徳がそのことに勘付いているのかどうかは、窺い知れない。

拾楽の店子仲間に死なぬほどの毒を盛ってみたり、一方で、別の人間に飲まされた毒のせいで苦しむ店子仲間達を、夜通し手当てして救ってくれたり。

掛井と張るほど、しょっちゅう「鯖猫長屋」に顔を出しては、「二日酔い」だの「腹の調子が良くない」だのと懐く店子を、厭な顔ひとつせず、格安の薬代だけで診(み)ている。

おかげで、長屋の店子達は、すっかり「頼りになる医者」に気を許してしまった。

確かに、ちらちらと覗く物騒な気配さえなければ、どこから見ても、清廉で腕のいい医者だ。

だからこそ、目論見(もくろみ)が全く読めないのが気がかりなのだ。

ただ、英徳と出逢ってからこの短い日々で、分かったことがある。

英徳は悪戯好きで、気まぐれ。緻密(ちみつ)で情に厚く、そして執念(しゅうねん)深い。

自分が拾楽の親しい者に性質(たち)の悪い悪戯をするのはよくても、他の人間が手を出すのは許せないらしい。

先だって、とある武家の娘が、恋しい男の妻の座を手に入れる為、毒を仕込んだ酒を「鯖猫長屋」の店子に飲ませるという、とんでもない騒動を引き起こした。その娘がどうしているのか、出家した尼寺(あまでら)へ探りに行った拾楽は、我が目を疑った。

　手前勝手で思い込みが激しい分、あきらめの悪かった娘が、すっかり怯え切り、やせ衰えていたのだ。自分で汲んだ水しか飲まず、自分で炊いた粥しか口にしないらしい。

　拾楽は、察した。

　英徳が、娘が使った毒で脅したのだ。

　いつでも、同じものをお前に飲ませることができるのだ、と。

　清廉で闊達な医者の顔に騙されては、いけない。

「――い。おおい、猫の先生」

　少し大きな声で呼ばれ、目の前で掌をひらひらとひらめかされ、拾楽は我に返った。

「蘭方医、杉野英徳」として接しながら、その目論見を探る。そう腹を決めたではないか。なのに、当人を前に、何を考え込んでいるのか。

　困った様な笑みを浮かべ、英徳が言う。

「目を開けたまま、寝てしまったのかと思いましたよ」

　拾楽は、「鯰の甚右衛門」を前に、身構えそうになる自らを叱咤した。大仰に顔を顰め、応じる。

「掛井の旦那みたいなこと、言わないで下さい」

英徳の気配が、束の間険しくなってすぐに元に戻る。

これも、拾楽がこの幾日かで気づいたことだ。

英徳は、掛井に対し、何やら思うところがあるらしい。

英徳が敢えて、拾楽に見せているのかもしれないが。

英徳は、にこにこと機嫌のいい笑みで、拾楽に言った。

「そう言えば、掛井様は、よく猫の先生で遊んでいらっしゃる」

「そりゃ、英徳先生も同じでしょうに」

英徳が、目のみで笑った。

何の殺気も込められていない、ただの堅気の笑みに、首筋の後ろがちりちりと痛む。

そっと生唾(なまつば)を呑み込み、拾楽は話を戻した。

「『立川屋』のお嬢さん、おえよさんが、目を覚まさないと聞きましたが」

ああ、と英徳が気のない返事をした。

「確かに、ね。厠(かわや)にも行けば、飲み食いもしてますが、目を覚ましてはいない。その方がいいってことで、そうなってる」

つまり、目を覚まさない振り、という訳か。

「奉行所に対してですか。それとも、世の噂のせい」

「どちらも、でしょうね」

「お役人に知れたら、きついお叱りじゃあ、すまないでしょうに。余計疑われそうだ」

ふん、と英徳が腹立たし気に鼻を鳴らした。

「どんなお咎めを受けようが知ったことではありませんが、それまでは、せいぜい稼がせて頂くつもりですよ」

英徳は、「金持ちから診療代をたんと取って、その金子で貧乏人を診る」と、当の金持ち達相手にも、堂々と言ってのける。それでも構わないなら、診ましょう、と。そんな話を聞かされてなお、争って英徳に診て貰おうとするのだから、金持ちというのは、まったく分からない。

拾楽は、半ば本気で告げた。

「英徳先生が茶番に付き合っておいでとは、驚きました」

英徳が、つまらなそうに鼻を鳴らした。

「その、先生っての、止めませんか。互いに先生、先生、呼び合う方が茶番だ」

「では、何と」

大鯰とでも呼んでやろうか、と内心で毒づきながら、拾楽は訊いた。

そうですねぇ、と英徳が暫し唸る。

「『英さん』は、なんだか収まりが悪いし。『徳さん』でどうです。私は『猫さん』と呼びますので」

「止してください」

「先生」と呼ばれたい訳ではないが、ただの「猫」では、それこそサバとさくらの子分になった気分だ。

そこで、拾楽は悪戯心を起こした。何やらわだかまりがありそうな掛井と、同じ呼び方をしろと言ったら、どんな顔をするだろう。

「『猫屋』と。掛井の旦那もそう呼びます」

英徳が笑った。

やはり、堅気の気配、顔つきなのに、肌が粟立つ。

子供の様に邪気のない仕草で、小首を傾げた。

「でも、『猫屋』にさんをつけるのも、収まりが悪い」

「呼び捨てて貰って構いませんよ」

「この話し方をしている時には、合わないでしょう」

ぎくりと、した。

やり返されたか。

英徳は「英徳」の佇まいのままで、続けた。

「拾さん、ならどうです」

好きなように呼べと言いかけ、呑み込む。「黒ひょっとこ」なぞと堂々と呼ばれたら、たまらない。

「ええ」

さりげなさを装って応じると、英徳が華やかに笑った。

「やあ、嬉しいなあ。拾さんと少し仲良くなれた気がする」

「止してください」と再びぼやき、拾楽は溜息を吐いた。

「やはり、私は英徳先生と、呼ばせていただきます」

寂しいだの、つれないだのと、ひとしきり文句を言ってから、英徳は話を戻した。

「茶番だろうが、大真面目だろうが、黄金の色は変わりません」

「でも、面白くなさそうな顔をしておいでだ」

「それくらいは許してくださいよ、拾さん。擦り傷も火傷もなし、少し煙を吸っただけの患者を、ずっと往診しなきゃならないんですから」

なるほど、「立川屋」の娘は、どうやら本当に小火の場に居合わせたらしい。

ひとり得心しているところに、英徳が拾楽の顔を覗き込んだ。

「で。拾さんは、『立川屋』に何の用があったんです」

拾楽が答えるより早く、英徳が続けた。

「さては、おはまさんから何か頼まれましたね。ああ、言わなくたって分かります。私は件の噂のせいで、面倒なことに手を貸してるんですから。おはまさんの奉公先のひとつが、『大貫屋』だ」

いちいち、びくつくな。おはまちゃんの奉公先は、皆知ってることじゃないか。

拾楽は自らに言い聞かせ、応じた。

「おはまちゃんが、『大貫屋』のお嬢さんを心配してましてね。ちょいと様子を窺いに」

英徳があっさり告げた。

「でしたら、伝えてあげて下さい。『大貫屋』のお嬢さん、佳苗さんでしたか。おえよさんはとっくに目を覚ましている、心配いらない、と」

拾楽は、目を瞠った。

佳苗とおえよは、ひとりの男を取り合っていたのではないのか。

「心配、ですか」

短く訊ねた拾楽に、英徳がちらりと笑った。

「おえよさんに口止めされてますが、まあ、いいでしょう。そこまで、気を遣う筋合いはない」

本性はともかく、「杉野英徳」らしからぬ突き放した物言いが引っかかった。

「英徳先生」

「仲がいいんですよ、佳苗さんとおえよさん。子供の頃から」

英徳から聞かされた話は、ざっと、こんな風だ。

「大貫屋」と「立川屋」は、幾代も前から反目し合っていた。何やら諍いがあったことは伝わっているが、詳しい経緯を知る者は誰もいない。恐らく、きっかけは些細なことだったのだろう。

つまり、当代同士がいがみ合う理由は何もないのだが、互いに歩み寄る切っ掛けが摑めないまま、ただなんとなく「冷ややかな疎遠」が続いていた。

そんな「大人の思惑」なぞ、子供には関わりがない。

神田明神の縁日で、佳苗とおえよは出会った。同い歳、七歳の秋だ。

大店の一人娘同士、縁日にもいちいち女中がついてくることが、窮屈だった。

大人しいおえよは女中とはぐれ、闊達な佳苗は女中を撒き、それぞれにひとりになったところに、行き合った。

最初は、心細そうなおえよの為に、はぐれた女中を佳苗が一緒に探してやっていたのだが、すぐに、おえよも子供だけで回る縁日が楽しくなった。

以来、二人は待ち合わせて家を抜け出し、こっそり遊ぶようになった。

名乗り合った日に、そうしようと決めたのだ。

家同士が仲の悪いことを、二人は散々、親や奉公人から聞かされていた。

理由を誰も答えられないのに、「関わるな」とだけ言いつけられる。

一人娘の窮屈さ、寂しさ、哀しさ、辛さが分かるのは、一人娘だけ。

ひとりぼっちの心が寄り添う先を、ようやく見つけた。

大人のよく分からない言いつけの為に、大切な友を諦めるなんて、出来ない。

二人は仲の良さを、周りから念入りに隠してきた。

拾楽は、唸った。

「先生は、二人は仲がいいと、言いましたよね。よかった、ではなく」

ほほう、という風に、英徳が笑んだ。拾楽は続けた。

「つまり、二人で一人の男を取り合ってたってのは、根も葉もない噂ってぇことですか」

「ろくでなしの与力次男坊が、佳苗さんの許婚なのは確かだし、おえよさんがろくでなしと、こっそり逢っていたことも、確かですね」

「ろくでなし、ですか」

「ええ。二人の娘、いえ、二つの店を天秤にかけ、どちらに婿に行くのが得かと、思案を巡らせていましたから」

　拾楽は、まじまじと英徳を見た。

　この医者は、おえよと「立川屋」に対し、突き放した物言いをした割に、わざわざ相手の男を探ったらしい。

「鯰の甚右衛門」は、大物だ。盗みは大がかりで、手にする金子も大きい。

それは、一味が大所帯だからという訳ではなく、鯰の本性が「小さいこと」「しみったれた盗み」を嫌うのだと、盗人の間では囁かれていた。

　本物と直に話をしてみて、その話は正しかったのだと、拾楽は悟った。

　ろくでなしの与力次男坊は、「鯰の甚右衛門」にとって、目の端にもかからない相手の筈だ。「立川屋」か「大貫屋」へ盗みに入る仕込みならば、わざわざ甚右衛門が動くことはない。仕込み役の手下にやらせれば十分だ。

ならば、この「お節介」は、やはり「杉野英徳」が焼いているとしか、考えられない。

何の気まぐれか分からない。狙いが拾楽であることは、確かだが、気まぐれで大人しく医者をしていてくれるのなら、それに越したことはない。

寝た大盗人を起こす愚(ぐ)は、せぬに限る。

拾楽は、ともすれば「鯰の甚右衛門」に対して身構えそうになる自らを叱りつけた。改めて、目の前の物騒な男を「清廉で悪戯好きな医者」として接するよう、念入りに自分に言い聞かせる。

英徳が、軽く首を傾げた。

「私の顔に、何かついていますか」

いつの間にか、隻眼の面(おもて)に当てていた視線を、そっと伏せる。すぐに顔を上げて、軽く応じた。

「いい男だなあ、と、見惚(みと)れてました」

軽口で返されるかと思いきや、英徳は軽く眼を瞠った後、心底(しんそこ)嬉しそうに笑った。

「嬉しいですねぇ」

今度は、拾楽が驚く番だった。二歩、下がって「何です」と、訊き返す。

ははは、と英徳が笑って手をひらひらと振った。藍の濃淡の眼帯を指でなぞりながら、英徳は言った。

「妙な意味じゃあありませんよ。この様（ざま）ですから、見た目で褒められることはありません。だから、拾さんは男としての人となりを褒めてくれたということになる。嬉しくない筈はないでしょう。拾さんとは、仲良くなりたいと思ってるんだから」

どういう意味だ、と疑い掛けて、拾楽はやめた。

多分、からかわれているだけだ。

そう断じて、零（こぼ）れかけた溜息を呑み込み、話を戻す。

「おえよさんが佳苗さんの許婚と逢っていたことは、確かだ。そうおっしゃいましたね。惚れてた訳じゃあないということですか。好き合った二人が、人目を忍んで逢っていたわけではない、と」

「おえよさんは何も話してくれないので、はっきりとは」

つまり、直に聞いていないから断言はしないが、英徳の見立てでは、好き合ってなぞいなかった、ということだ。

やっぱり、こりゃ、根が深いぞ。

おはまの顔を思い浮かべ、ひんやりと考える。

「さあ。じゃ、行きましょうか」

不意に明るく促され、拾楽は英徳を見た。

「行くって、どこへです」

「『大貫屋』へ。佳苗さんを安心させてあげないと」

「なぜ、先生まで来るんです」

英徳が、にんまりと笑った。

「ひとりで『大貫屋』を訪ねて、佳苗さんに会えますかねぇ。いきなり忍び込んで声なぞかければ、大さわぎだ。それとも、おはまさんを呼び出して貰いますか。奉公先に男が訪ねてきたら、おはまさんの立つ瀬もないでしょう」

拾楽は、もそもそと言い返した。

「いきなり大店を訪ねたって、病でもないお嬢さんに取り次いで貰えないのは、先生も同じでしょうに」

「それは、どうでしょうか」

英徳は、何やら思案があるようだ。

むう、と唸った拾楽に、英徳がすまし顔で告げる。

「気が乗らないというなら、構いませんよ。私ひとりで行きます」

拾楽は、肩を落とした。

気を許さぬよう、張り過ぎないよう、気を付ければいい。近くにいた方が、英徳が何を企んでいるか、知りやすいだろう。

「ご一緒しましょう」

飛び切りの笑みを、英徳が浮かべた。

「大貫屋」を表から訪ねた英徳は、高潔で闊達な医者の顔そのもので、佳苗への取り次ぎを頼んだ。

神田明神で、佳苗が助けた娘の具合を伝えたい。自分は、その娘を診ている医者だ。

そう告げただけで、あっさり拾楽と共に迎え入れられた。

「鯖猫長屋」でもそうだったが、英徳の少しばかり物々しい眼帯は、見る者を戸惑わせることがない。

むしろ、「大貫屋」では、あの高名な杉野英徳先生か、と信を得るのに役立っているようだ。

医者としての腕が利いているのか、英徳の人となりのなせる業か。

英徳と二人、通された客間へやってきたのは、女二人。大店の内儀然とした女が、まさ、若い娘が佳苗と、それぞれ名乗った。

何か訊ねたそうな顔で、話を切り出しかけたおまさを、佳苗が「おっかさん」と制した。丁寧に頭を下げ、英徳と拾楽に向かう。

「杉野先生、わざわざお運び頂き、ありがとうございます」

英徳が、清々しい笑みで応じる。

「いえ、私の患者の為ですから」

佳苗が、思いつめた目で問う。

「それで、その娘さんのお加減は、いかがですか」

佳苗とおえよの出会いは、神田明神だ。女中とはぐれたおえよを、佳苗が助けた。その昔話を、英徳が「つい先日」のことのように話した。佳苗にだけは、誰の言伝を届けに来たのか、通じているはずだ。

英徳は、静かに答えた。

「心配することは、何もありません」

「でも――」

「家へ戻った安堵から気を失ったようですが、今はちゃんと、朝夕食べておいでですし、よく眠っていらっしゃいますよ」

おえよは、目覚めている。

察した佳苗が、身体(からだ)から力を抜いた。じわりと滲んだ目を、母や目の前の客から隠すように顔を伏せ、呟く。

「それは、ようございました」

懸命に落ち着いた声を出そうとしているのは、分かった。だが、言葉尻が震(ふる)えた。

母のおまさが、英徳と佳苗を見比べてから、静かに我が子へ訊ねた。

「佳苗。そのお人は、どちらのお嬢さんだい」

目に見えて、佳苗が狼狽えた。

「よく、知らないのよ。おっかさん」

「お前が、神田明神へ行ったなんて、このところ聞いたことがないけれど」

佳苗が、息を呑んだ。おまさは続けた。

「だって、厭な噂の所為(せい)で、このところ外へなんか出ていないじゃあないか」

唇を噛んで俯(うつむ)いてしまった娘を見て、おまさは英徳へ視線を移した。

「杉野先生、娘が助けたという娘さんは、どちらのお人なのか、伺っても」

「おっかさん」

佳苗が、母を止めた。英徳は、知らぬ顔だ。

拾楽は、細く長い溜息を吐き、佳苗に話しかけた。

「佳苗お嬢さん。これが、いい切っ掛けになるんじゃあ、ありませんか」

佳苗が、僅(わず)かに潤(うる)んだ瞳を拾楽へ向けた。

誰だろう、という視線に応え、名乗る。

「画師の青井亭(あおいてい)拾楽と申します」

母娘(おやこ)揃って、ああ、という風に頷いた。硬かった顔に、緩い笑みが浮かんだのはなぜだろう。

おまさが、「『鯖猫長屋』の」と呟けば、娘が「猫の先生ですか」と続ける。

おはまが、自分の話を奉公先でしていることに戸惑いつつ、いやあ、あはは、と笑ってみる。

「おはまちゃんが、お世話になっています。いや、その、あたしは身内じゃあないんですが、まあ、身内みたいなもんで――」

何を言っているのか、我ながら分からなくなってきたので、拾楽は袂から佑斎の

「観音様の御札」を取り出して畳へ置き、佳苗の方へ滑らせた。

「これ、頼まれたもんです。おはまちゃんも、心配しています。このままじゃあ、佳苗お嬢さんも、あちらのお嬢さんも、お辛いでしょう。互いを助けるために、何の気兼ねもなく友として過ごすために、本当のことを話してみちゃあ、いかがです」

　おまさは、黙って娘が口を開くのを待っている。懐の深い、できた内儀だ。

　かつて、おはまを性質の悪い男から守り、庇ってくれただけのことはある。

　佳苗は、拾楽を見、英徳を見、目の前の札へ視線を落とし、母と向き合った。

「おっかさん。その娘さんって、『立川屋』のおえよちゃんなの。私達、子供の頃から仲良しで、今でもこっそり会って、おしゃべりしたり縁日へ行ったり、お芝居見たりしてる。私、おえよちゃんが目を覚まさないって聞いて、心配で」

　呆気にとられた顔をしていたおまさだったが、静かに呟いた。

「そうだったの。まずは、おとっつあんに、話してみようか」

「大貫屋」主の動きは、早かった。

　娘同士が親しいのなら、小火の日、何があったのか、おえよから詳しい話を訊くのがいい。

そう言って、英徳におえよの具合がいいことを確かめ、「立川屋」へ「伺いたい」と使いを出した。「お待ちしています」との返事を貰うや、佳苗を連れて「立川屋」へ赴いた。

それはいいのだが、なぜ、英徳はともかく、自分も交ざる羽目になったのか。

拾楽は「立川屋」の客間で、溜息を堪えた。

話を直に聞けるのは、願ってもないことだ。

だが、大店同士の諍いに巻き込まれるのは、御免蒙りたい。

経緯が分からなくなっているとはいえ、反目し合っている者の間に挟まれるなぞ、面倒なことこの上ない。ましてや、大店同士の諍いとなれば、単に「気に食わない」だけでなく、儲けやら体面やら、余計なものも絡んでくる。

現に、「立川屋」主と番頭は、苦虫を嚙み潰したような顰め面で、こちらの様子を窺っていた。

だが、「大貫屋」主は、拾楽の危惧を押し退けるような力強さで切り出した。

「娘の話では、こちらのお嬢さんとは子供の頃から仲が良いとか。この際です、親の私共も、子に倣おうじゃあありませんか」

「立川屋」主は、胡散臭い目で「大貫屋」主を見たまま、答えない。「大貫屋」主が言葉を重ねた。

「『立川屋』さん。このままだと、お互いの娘の悪い噂が広まるばかりです。その娘同士が、実は仲が良かったと知れ、それを切っ掛けに、親同士黴の生えたような長年の蟠りを捨てたとなれば、少しは噂も落ち着くのでは」

相変わらず「立川屋」主は何も言わないが、迷うように視線を泳がせだした。

佳苗が「あの」と、口を開いた。

大人達の視線が、佳苗に集まる。佳苗は、ごくりと一度喉を鳴らしてから、訊ねた。

「おえよちゃんは、本当に目を覚ましたんでしょうか。元気でいますか」

厳しかった「立川屋」主の目が、ふ、と和んだ。

すっかり蚊帳の外の気分で眺めていた拾楽の脇腹に、英徳の肘が飛んだ。

大した力ではなかったが、仰天して咽せる。

英徳は澄ました顔をしているが、その顔つきから、言いたいことはすぐに分かった。

佳苗の後押しをしてやれ、という催促だ。

「立川屋」に出入りしている英徳や、佳苗の父親の「大貫屋」主が口添えするより、どちらの店にも関わりのない拾楽が取り成すのが、一番得心しやすいだろうことは、拾楽も承知していた。

やれやれ、と零しそうになったぼやきを呑み込み、拾楽は口を挟んだ。

「佳苗お嬢さんは、おえよお嬢さんを、随分と案じていたようですよ」

佳苗が、驚いたように拾楽を見る。拾楽は、佳苗に向かって笑い掛けた。

「おはまちゃんに、少しばかり無理な頼みをしたのは、おえよお嬢さんを案じてのことでしょう」

それから、「立川屋」主に向かって、おはまが「大貫屋」で奉公をしていること、自分はおはまの店子仲間であることを伝えた。「店子仲間」と、拾楽が口にした時、佳苗の視線が険しくなったことには、気づかない振りをした。

拾楽は、佳苗に語り掛ける体（てい）をとりつつ、「立川屋」へ訴える。

「おはまちゃんとは長い付き合いですが、奉公先の話を長屋ですることは、まずありません。我儘を言うこともない。そのおはまちゃんが、珍しく無理を言ってきた。佳苗お嬢さんだからこそ、お嬢さんの大切な人への心配が伝わったからこそ、だからだと思うんですが、違いますか」

佳苗が、項垂（うなだ）れた。

「『観音様の御札』を手に入れて欲しいだなんて、おはまには、無茶を言ったと申し訳なく思っています。江戸じゅう捜し歩いたって、見つかるかどうか分からないのに。本当は私が捜しに行くつもりでした。でも、こっそり出かけようとしたところを、おはまに見咎められて、『お嬢さんは外に出ちゃあいけません』と、窘められました。自分が何とか手に入れるからって」

二人の主が戸惑った顔をした。

神頼み、札頼みを胡散臭く感じた訳ではないだろう。

老若男女、江戸の者は御札好きだ。商いをしていれば、験を担ぐことも、商いの神様を祀ることも多い。

だからこそ、札なぞ容易く手に入るだろうに。そんな戸惑いだ。

拾楽は言い添えた。

「店も持たず、どこで商いをしているかも分からない。たまたま行き合えれば僥倖、という札書き屋の御札です。『観音様の御札』ってのは、どんな願い事もひとつだけ叶うって評判でね。おえよお嬢さんが目を覚ますように、具合がよくなるようにって、お願いするつもりだったのでしょう」

佳苗が、小さく「はい」と答えた。

「大貫屋」主が、膝の上で握られた佳苗の拳に、そっと手を重ねた。

「立川屋」の主が、細く長い息を吐いた。

「おえよは大人しくて、人付き合いが不得手なのを心配していたんです。でも、そうですか。佳苗さんのような、いいお嬢さんに親しくして頂いていたんですか」

しんみりとした、柔らかな物言いで呟いて、奉公人を呼び、おえよに来るよう言いつけてから、佳苗に向かう。

「何があったのか、いくら聞いても娘は何も言わないんです。佳苗さんから尋ねてやっては、貰えませんか」

佳苗は、力強い声で「はい」と応じた。

ほどなく、母親に付き添われたおえよが、やってきた。

顔色はあまりよくないが、立ち居振る舞いはしっかりしている。英徳の言う通り、心配はいらないようだ。

おえよは佳苗を見るなり、目を潤ませて駆け寄った。友の手を両手で包み、涙声で詫びる。

「佳苗ちゃん。ごめん。ごめんね」

佳苗は、おえよの手を握り返して、首を幾度も横へ振った。

「いいの。おえよちゃんが無事でよかった」

おえよの目から涙が溢(あふ)れた。声を殺して泣くおえよの背中を、佳苗がそっと擦(さす)る。

しばらくして、おえよが泣き止んだのを見計らい、佳苗が訊いた。

「御数寄屋町の料理屋で、何があったの」

離れた拾楽にも分かるほど、おえよが身体を強張(こわば)らせた。

今度は佳苗が、おえよの手を両手で包んだ。

「教えて頂戴。こう言っては何だけれど、貞二郎様は父が決めた許婚ってだけ。私にとっては、おえよちゃんの方が大事」

「でも――」

迷うおえよに、佳苗が確かめた。

「おえよちゃん、貞二郎様を好(す)いていた訳じゃあ、ないんでしょう」

おえよが、驚いた顔で佳苗を見た。親達も目を丸くして娘二人を見比べている。

「どうして、それを」と、おえよが呟いた。

ふふ、と佳苗が楽し気に笑う。

「だって、もしそうなら、私に打ち明けてくれたでしょう」

噛み締めるように、おえよが返事をした。

「——うん。ええ」

佳苗は笑みを収め、改めて訊いた。

「どうして、貞二郎様と会ってたの。あの日、何があったの」

おえよは、一度、きゅっと唇を噛むと、自らに言い聞かせるように小さく頷き、これまでの経緯を語った。

*

いきなり貞二郎に声を掛けられたのが、二人の出逢いだった。貞二郎がおえよを見初(みそ)めたのだという。

闊達ですらりとした貞二郎の言葉に、おえよは気恥ずかしいのと同じくらい、浮かれた。

だが、一緒にいた女中に、貞二郎は佳苗の許婚だと、後で聞かされ、心底驚いた。浮かれた気分がもたらした熱は、すぐにひんやりと引いていった。

女中は、折り合いの悪い「大貫屋」を指して、「いい気味だ」と笑っていたが、おえよは佳苗を案じた。

許婚を持ちながら、他の娘に言い寄る男を婿に迎えて、佳苗が苦労するのではないか。

婿入り先といがみ合っている店の娘に言い寄るなんて、妙だ。何か、よくないことを企んではいないか。

気づかぬふりをして幾度か逢ってみたが、貞二郎の考えを聞き出すことは出来なかった。

愚図愚図（ぐずぐず）していると、貞二郎は佳苗の婿になってしまう。

おえよは、心を決めて貞二郎を呼び出した。

どこか、人目につかないところで逢いたい、と。

佳苗との縁談を断って貰えるよう、頼むつもりだった。

料理屋の裏手を選んだのは、貞二郎だった。

その辺りは、人通りが少なく、料理屋の裏手には小さな稲荷（いなり）があった。貞二郎は逢引きのつもりだったようで、大層機嫌が良く、おえよに馴れ馴れ（なな）しく触れようとしてきた。

だが、佳苗との縁談を問い詰めた途端、貞二郎は顔を強張らせた。

言い争いになったところで、料理屋の勝手口にやってきた人影に、二人は口を噤（つぐ）

んだ。

おえよは、稲荷の木陰から覗き見たその男に、見覚えがあった。

「立川屋」の三軒挟んだ東隣、呉服問屋「小西屋」の手代だ。なぜ、料理屋の奉公人のような素振りで、勝手口から出入りするのだろう。

そう伝えた途端、貞二郎の面が険しくなった。慌てた風で、おえよを祠の陰にしゃがませ、低い早口で告げる。

『ここを動いてはならぬ。静かにしていよ』

おえよが呼び止める間もなく、貞二郎は稲荷を飛び出していった。

少しして聞こえたのは、乱暴な誰何の声、抑えた怒号、何かを殴りつけるような、鈍い音。

おえよは、身を縮め、悲鳴を上げそうになる口を両手で押さえ、息を詰めた。

だが、貞二郎の悲鳴が聞こえるに至って、そろりと祠の陰から顔を出した。

草木の間から見えたのは、ぐったりと力の抜けた貞二郎を、二人の男が料理屋の勝手口から中へ連れ込むさまだった。

おえよは、狼狽えた。

心の中で、どうしよう、どうしようと、繰り返すばかりで、手足はがくがくと震え、使い物にならない。

貞二郎を助けなければ。そうだ、お役人様を――。

役立たずの頭が、ようやくその考えへ辿り着いた時、きな臭い匂いが漂ってきた。

胸騒ぎがして、祠から少し顔を出し、料理屋の方を見た。

黒い煙が、立ち上っている。

その側に、しゃがみ込んでいる男がひとり。先刻見た、「小西屋」の手代だ。

そこへ、通りがかった男が三人、料理屋へ駆け寄った。

ひとりが叫んだ。

『おい、お前、何をしてやがる』

連れの二人も、続いて声を上げた。

『火事だっ』

『あいつ、自分の店に火を付けやがった』

『早く火を消せ』

矢も盾も堪らず、おえよは祠の陰から飛び出した。

勝手口の脇で瞬く間に大きくなる炎、逃げる手代の背と、火を消そうとする通りがかりの男達。

　勝手口から中へ入ろうとしたおえよは、男達に止められた。

『あ、おい、嬢ちゃん。危ねぇ』

『中に、中に、貞二郎様がっ』

『人がいるのか』

『はいっ』

　おえよの言葉に、三人のうち、一番背の高い男が、煙と火を避けるようにして料理屋へ飛び込んだ。

　すぐに、背の高い男の声が聞こえた。

『おい、旦那。旦那、しっかり――』

　どく、どく、と心の臓がうるさく騒いだ。

　中へ入った男が、ぐったりと動かない貞二郎を運び出してきた。

　横たえられた貞二郎の頭から、赤黒いものが、流れ出す。

　こいつは、だめだ、と呟いた別の男の顔は、蒼褪めていた。

　おえよは、ぼんやりとその様を眺めた。

　そこから、どうやって家へ戻って来たのか、いくら考えても、おえよは思い出せなかった。

＊

おえよは、上擦り、震える声で訴えた。

「貞二郎様は、佳苗ちゃんを騙してたの。佳苗ちゃんという許婚がいながら、私に言い寄って来たの」

佳苗が、おえよの背を擦りながら、静かに応じる。

「それでも、貞二郎様は、おえよちゃんを庇ってくれたわ」

おえよは、叫んだ。瞳から再び、涙が溢れた。

「そうよっ。私は、そんなお人を見殺しにしてしまった。私のせいで、貞二郎様は
――」

それは違うと、誰もが言おうとした。

だが、他に先んじて静かに口を開いたのは、英徳だった。

「おえよお嬢さん、間違えちゃいけません」

赤みの滲んだ目で、おえよが英徳を見た。英徳が続ける。

「悪いのは、貞二郎様を殺めた奴らです。あの世の貞二郎様に言うべきことは、詫

びや悔いの言葉ではなく、庇って貰った礼でしょう」

一体、何の遊びだ。

拾楽は、英徳の清廉な面の裏を視線で探った。

「鯰の甚右衛門」の一味は、無益な殺生はしない。だが、決して堅気を手に掛けない、という訳ではない。

「押し込みの場で、鯰の顔を見て生き延びた者はいない」という噂は、堅気の間でも広まっている話だ。

押し込んだ先、奉公人を盾にして逃げようとした主人を、なぶり殺しにしたという逸話は、芝居になった。

手下には、更に厳しい。裏切りやしくじりの対価は、等しく命だ。

また、同業だろうと堅気だろうと、「鯰」の顔に泥を塗った相手には、手ひどい報復があるとも、囁かれていた。

それは、ともすれば気まぐれで命を奪っているようにも、見える。

その男が、ろくでなしの貞二郎を殺めた奴らが、「悪い」と語る。英徳の正体を知っている拾楽には、冗談にしか聞こえない。

英徳が拾楽を見て、微かに笑った。

その冷ややかさ、凄みに、産毛まで逆立つ心地がした。

物騒な笑みは、すぐに消えてしまったけれど。

「猫の先生」

佳苗の呼びかけで、拾楽は我に返った。声が少し湿っているのは、友の涙に釣られたのだろう。

「何でしょう」

訊き返した言葉が、喉の奥で妙にざらついた。慌てて、そっと唾を呑み込む。

佳苗が、帯に挟んでいた「観音様の御札」を取り出して、拾楽へ戻した。

「これ、お返しします」

「いいんですか」

確かめた拾楽に、佳苗が小さく頷いた。

「おえよちゃんが、目を覚ましますように。私の願いは、もう叶ったから、これが入用などなたかに、譲ってください」

ううん、と、拾楽は首を傾げた。はいそうですかと受け取って佑斎に返しても、あの男のことだ、あれこれ気を揉むだろう。かといって、「観音様の御札」のからくり――実は、軽い無病息災の呪いが込められているだけだと知っている身としては、他の誰かに譲る気にもなれない。

「でしたら、他の札を頼んでみちゃあどうでしょうね。お嬢さん方お二人には、まだ何か願いがあるでしょう。何にでも効く御札よりは、ちゃんと願いを込めた方が、効き目があるそうですし」

札のからくりを打ち明ける訳には、さすがにいかないので、そんな風に言葉を濁す。

佳苗が、訊いた。

「猫の先生、ひょっとして、この札屋さんとは」

「これっきりの仲立ちでいいなら、お引き受けしますよ。それから、このことは内緒にしてくださいね。あちらは、伝手を使えば御札が手に入ると、思われたくはないでしょうから」

勿論です、と佳苗とおえよが揃って応じてから、互いに顔を見合わせ、小さく頷いた。

言葉にしなくても、互いの考えが伝わっている。つくづく、仲のいい娘達だ。

佳苗が、切り出した。

「貞二郎様が成仏できますように。そういう願いでも、聞いていただけますか」

「それで、いいんですか」

はい、と、娘二人の声が重なった。

若い娘の願い事に限りなぞないだろうに、自分達を天秤にかけていたろくでなしの為に使うとは、なんとも欲のない。

娘二人に毒気を抜かれたか、最初は顰め面をしていた「立川屋」から、「大貫屋」に手打ちを申し出て、二つの大店は、長年の蟠りを水に流すことになった。

これからは、親しい付き合いをしていくそうで、佳苗とおえよは、堂々と仲良くできるだろう。

拾楽は、皆が晴れやかな顔になった中、ひとりおえよの顔つきが冴えないことに、小さな引っかかりを覚えた。

*

佳苗は、まだ調子の戻らないおえよを、干菓子を携えて見舞っていた。

「それでね、おとっつあんったら、『お前とおえよさんを天秤にかけるようなろくでなしを、婿に迎えようとして、済まなかった』なんて、詫びるのよ。『立川屋』の小父さんにも、『一生の不覚』だなんて、ぼやいたみたい。でも、可笑しいわね。おとっつあんと小父さん、早速仲良くなっちゃって」

そうね、と笑ったおえよの頰が強張っている気がして、佳苗は友の顔を覗き込んだ。

「どうしたの、おえよちゃん」

「ううん、なんでもない」

「貞二郎様のこと、気に病んでるの」

黙って首を横に振る仕草も、弱々しい。

「他に気になることがあるなら、なんでも言って。私達、せっかく堂々と仲良くできるようになったのだもの」

おえよは小さく喉を鳴らして、佳苗を見つめた。視線が、心許なげに揺れる。

「あの、あのね、佳苗ちゃん」

佳苗は、おえよを励ますつもりで相槌を打った。

「ええ」

「私、簪落としてきちゃったみたいなの。佳苗ちゃんとお揃いの」

一年前、神田明神の縁日で買った小さな花簪のことだ。佳苗は淡い紅、おえよは鮮やかな朱の色違いにした。

「どこに落としたか、分かる」

おえよの小さな応えは、震えていた。

「多分、あの時のお稲荷様」

どきりと、佳苗の心の臓が跳ねた。

どうしよう、と呟いたおえよは、今にも泣きだしそうだ。

「私が、探してくる」

気づいたら、佳苗は口にしていた。

狼狽えたように、おえよが首を横へ振る。

「でも、危ないわ」

正直なところ、佳苗も恐ろしい。稲荷の表は、貞二郎が殺められた場所。恐ろしい人達がいた場所だ。

簪は、またお揃いで買えばいい。これからは、いくらだって二人で出歩ける。

でも、なんとなく、おえよの簪をそのままにしておいてはいけないような、気がした。

おえよもきっと、同じように感じている。だから、こんなに心配そうなのだ。

佳苗は、明るく笑って見せた。

「大丈夫。悪い人達は火を付けて逃げたんだから、もう戻ってこないでしょう。それに、私はあの日、そこにいなかったんだもの。何の関わりもない娘が、偶々お稲荷様にお参りに来たようにしか、見えないわ。猫の先生に都合していただいた御札を、貞二郎様にお供えもしたいし」

おえよと天秤に掛けられたと知った時は傷ついたけれど、貞二郎は佳苗に優しかった。おえよのことも、庇ってくれた。

だから、手を合わせて恨み言のひとつ、礼のひとつくらいは、伝えたい。

「無茶は、しないでね」

不安げなおえよに、佳苗は「分かった」と、笑って頷いた。

其の三　憑物落とし

天の覚悟

人間は、自分を見ると、誰もが怯えて逃げて行った。

狼という獣に似ているから、らしい。

人間は勿論、自分の牙や睨みに歯向かう犬もいなかった。

すり寄って来る犬達と共に、暴れ回った。

畑を荒し、人間の家から食べ物を盗んだ。

暴れが過ぎて人間に捕まり、殺されそうになったところを助けてくれたのは、若い人間の男だった。

その男といると、楽しかった。

その男——主に従うことが、何よりの喜びになった。

主に「天」と呼ばれることが、幸せだった。

けれど、暫くして、主は人が変わってしまい、天を顧みなくなった。

主と会う前の天のように、荒んでいき、主の背に暗い陰が過った。

主は、いなくなった。

死んだのだと、天は思った。

寂しくて、苦しくて、じっとしていられなかった。

もういないのは分かっているのに、主を探して、あちらこちらをさ迷った。

そうして、見つけた。

苦しみを抱えている、人間の男。

天と同じ苦しみではなかったけれど、主がこの世を去ったせいで、自分よりも大きな苦しみを抱えた、男。

側にいれば、少しは天の苦しさも、この男の苦しさも、小さくなるだろうか。

男は、主が死んだのは自分の所為だと思っている。

そうじゃない。

天は、懸命に伝えた。

男は、天に言った。

そうか、お前は主の仇を討ちに来たのか。いつでも、好きにすればいい。

違う、そうじゃない。

天は、懸命に訴えた。

天の声は、男に届かなかった。

それでも、天は男の側にいることにした。

主なら、この男を案じたことだろう。

だから、自分が主に代わってこの男を護る。

もし、どうしても、護れないことが起きたら。この男が苦しみ、壊れるくらいなら、その前に――。

天は、哀しい覚悟をした。

＊＊＊

英徳と「大貫屋」主と共に、拾楽が「立川屋」を訪ねてから五日の後。

つつじの花もとうに終わり、強い夏の日差しが燦々と降り注ぐ根津権現の境内は、人影もまばらだ。

なぜ、こんなことになったのだろう。

拾楽は、零れそうになったぼやきを、そっと呑み込んだ。

境内の外れ、散策の小径から離れたこの辺りは、花の盛りでも、人の気配が少ない。この暑さなら、誰も寄り付かない。ひっそりと静かなこの辺りのつつじは、どれも見事に育っているから、サバとさくらが涼む分にはおあつらえ向きだが、人間を日差しから守ってくれるような大きな木は、見当たらない。

とりわけこんもりと葉を茂らせている株の根元、涼し気な日陰から、サバとさくらが、冷ややかな視線をこちらへ投げかけている。

それはそうだろう。

自分でも、この眺めは、暑苦しいと思う。

掛井が目を眇めて、千切った綿のような雲が浮かんでいる青空を見上げた。うんざりとした物言いでぼやく。

「何も、こんな時分に、こんなとこで話さなくたって、いいのによ」

拾楽は、「まったくだ」と頷きたいのを堪え、掛井を宥めた。

「仕方ないでしょう。四阿には先客がいたんだから」

だから、そうじゃなくてよ――。

そんな風に言い返しかけた掛井を、拾楽は、にっこりと笑むことで止めた。

余計なことは言うな、という力を目に込めて。

掛井の言いたいことは、分かっている。

「いつもの甘酒屋にすれば、よかったのに」だ。

根津権現門前の目抜き通りから脇(わき)へ逸(そ)れたところに、小さくておんぼろ、年中閑古鳥(かんこどり)の鳴いている甘酒屋がある。

愛想(あいそ)のない爺(じい)さんひとりでやっていて、表から「店先を借りる」と声をかければ、万事心得ている爺さんは、出てくることがない。掛井も、そして拾楽も人に訊(き)かれたくない話をする時に重宝(ちょうほう)している店だ。

ちらりと、掛井が残るひとりの男――英徳へ視線をやった。続いて、得心(とくしん)がいっていない視線を拾楽へ投げかける。

甘酒屋を英徳には教えたくない、という拾楽の意図(いと)は察したが、その理由(わけ)が分からない。そんな視線だ。

拾楽からすれば、なぜ、分からないんだと、言い返してやりたい。

お前(め)えさん、やっとう、捕(と)り物(もの)が苦手(にがて)でも定廻同心(じょうまわりどうしん)だろう。目の前にいる奴(やつ)は、お前えが縄(なわ)を掛けなきゃいけねぇ奴だ。何故(なぜ)、気づかない。俺(おれ)には気づいた癖(くせ)に。

だが、それが無茶(むちゃ)な言い分だとも、承知していた。

今、英徳は「腕がよく、高潔な蘭方医(らんぽうい)」だ。物騒(ぶっそう)な気配は、微(かす)か程さえ洩(も)れていない。

拾楽とて、正体を知らないまま今の英徳を見たのなら、気づいたかどうか。

思えば、初めて二キの隠居の庵で逢った時は、拾楽と隠居に知らせるため、敢えて気配を抑えていなかったのかもしれない。

何が狙いだ。

埒もない思案の堂々巡りに陥りそうになった自分を、拾楽は無理矢理呼び戻した。

隠居からは、英徳の正体には「知らぬふりをしろ」と言い含められている。

掛井にも、伝えるな、と。

太市の為に、英徳の医者の腕がいるのだ。

太市は、隠居の世話や手伝いをしながら共に暮らしている、敏い男子だ。ある騒動に巻き込まれて攫われ、閉じ込められたせいで、未だに不安そうな目をすることがある。そういう、いわば「心の傷」のようなものに対し、真面目に向き合ってくれる、しかも腕のいい医者は、まれだ。太市を慈しむ隠居にとって、英徳は得難い男だろう。

だがきっと、「隠せ」という指図は、太市の為だけではない。

側に留めて様子を見よう、ということか。

そして英徳も、隠居の思惑を知ってか知らずか、何食わぬ顔をして二キの隠居に接している。

拾楽は、げんなりした。

こりゃ、狐と狸の化かし合いどころじゃない。まるきり、妖と大鯰の腹の探り合いじゃないか。

巻き込まれた方は、たまったものではない。

うにゃーおう。

地の底から響くような低い鳴き声でサバが拾楽を叱った。

拾楽は、視線で言い返す。

そうは言ってもね、サバや。弱音のひとつも吐きたくなるというものだよ。

鯰の存念は気にしない。そう心に決めたのは確かで、割り切ってしまえば、さして難しいことでもない。拾楽自身に絡むことに関しては。

英徳の正体を知っている二キの隠居も、こちらが気を揉まずとも慎重に付き合ってくれるだろう。

だが、何も知らない掛井は――。

そこまで考えて、拾楽は盛大に顔を顰めた。

これでは、おっ母さんのようじゃないか。

お人よし揃い（ぞろい）の「鯖猫長屋（さばねこながや）」の住人達ならともかく、鬱陶（うっとう）しいほどの生きる力に溢（あふ）れ、強か（したた）なこの男の「おっ母さん」なんざ、冗談（じょうだん）じゃない。

拾楽は、両の掌（てのひら）で挟（はさ）むように、頬（ほお）を思い切り二度叩（たた）いて、寒気（さむけ）がしそうな考えを振り払った。

かなり景気のいい音に、掛井と英徳、二人揃って薄気味（うすきみ）悪そうな目を、こちらへ向けてきた。

「暑さで、頭が沸（わ）いたか」

真剣に案じている口調（くちょう）で、掛井が問う。

まったく、誰のせいで、思い悩んでると思っているのか。

くつくつと、英徳が喉（のど）で笑う。

「頬、赤くなっていますよ」

拾楽は、むっつりと誤魔化（ごまか）した。

「画（え）の仕事で夜なべをしましてね。ちょいと眠気を追い払っただけです」

掛井が、まだ胡散臭（うさんくさ）そうに拾楽を見遣（みや）りながら切り出した。

「それで、俺に訊きたいことってのは何だい」

拾楽は、英徳と顔を見合わせて小さく頷き合った。

まるで旧知の仲、いや、共に盗みを働いてきた仲間のようだ。

縁起でもない考えを振り払い、拾楽は掛井に答えた。

「御数寄屋町の料理屋で付け火騒ぎがありましたよね」

ああ、と掛井が渋い顔で頷いた。

「小林様の御子息の、あれか。二股掛けられてたひとりが、おはまの奉公先の娘だったな」

言ってから、ちらりと英徳を見る。

「猫屋やサバ公、さくらが乗り出すのは分かるが、医者がどうして首を突っ込んでくるんだい」

英徳を疑っている様子ではない。ただ、関わりたがるのが不思議だ、という顔だ。

拾楽は顔を顰めて文句を言った。

「そりゃ、旦那のせいでしょうに」

「俺か」

目を丸くした掛井に、拾楽は告げた。

そもそも、「立川屋」を訪ね、英徳と別れてから拾楽は掛井を探したのだ。奉行所、組屋敷、掛井が使っている番屋、二キの隠居の庵。甘酒屋の爺さんに訊ねてみたが、このところ姿を見ていないと言われた。中村座に当たって、ようやく掛井が身を窶して何やら探索をしているらしいと、知れた。

　掛井が、本腰を入れて身を窶す時は、決まって中村座の裏方や大部屋役者――掛井は、「師匠」と呼んでいる――に助けを求める。芝居小屋の連中は、寄ってたかって化粧で痣やら傷やらを施し、衣装を見立て、全くの「別人」に掛井を仕上げる。痣も傷もまるで本物のように仕上げるし、歩き方や声の出し方、話し方まで教え込むらしいから、相当面白がっているようだ。

『旦那が化けたってぇことは、探索が終わるまで待つしかねぇよ、先生』

　掛井と一番懇意にしているという、大道具の男が笑い混じりで教えてくれた。

　一度化ける――顔や歩き方、喋り方まで変えて他の誰かに成りすますと、幾度も変装を解いたりやり直したりするのが面倒だと言って、掛井は探索を終えるまで戻ってこないそうだ。

『いつもの通りなら三日、四日、長くても十日ってとこだ。旦那に先生が探してたって、伝えとくぜ』

『どうせ着替えやら何やら預かってるから、探索が終わりゃあ、ここへ寄ることになってるしねぇ』

小道具と大部屋役者が、軽い調子で付け加えてくれた。

拾楽の話を聞いた掛井が、盛大に顔を顰めた。

「あいつら、誰にも言うなって、いつも釘を刺してるのに。そもそも、探索だってえ話は、一度だってしてねぇ」

眼の奥がふざけていないのは、きっと中村座の連中を案じてのことだろう。

万が一にでも探索に巻き込み、危ない目に遭わせてはいけない、と。

化けていることが探索相手に知られれば、掛井の身も危ないのだが、そこには頓着していないようだ。

ともかく、拾楽は中村座の男達に言われた通り、掛井が探索を終えるのを待っていたのだ。中村座を訪ねてから三日でやってきてくれたのは有難いが、何も英徳が長屋にいる時に来ることはなかろうに。お蔭で、居合わせた英徳に首を突っ込まれてしまった。

拾楽が溜息を呑み込んだ時、英徳が掛井へ訊ねた。

「定廻の旦那が、隠密廻の御役目もするんですか」

掛井が、英徳を見た。

「隠密廻だなんて、よく知ってるな」

英徳が、ころころと笑った。

「いやだなあ。それくらい、童でも知っていますよ。与力や同心の旦那方は、町場じゃあ人気の御役目だ」

そうか、と掛井はまんざらでもない顔で呟いてから、英徳に答えた。

「俺が変わり者で、優しいお奉行が好き勝手を許して下さってるってぇだけさ」

「へぇ。旦那は、お奉行様のご信頼も篤いんですねぇ」

掛井の口調は、他愛のないものだ。英徳も穏やかな気配は変わらない。

それでも、互いの腹の探り合いの様に思えて、拾楽の肝は冷えた。

掛井が、視線を英徳から拾楽へ移し、話を戻した。

「小林様の御子息の話だったな」

ええ、と頷き、拾楽は確かめた。

「貞二郎様が亡くなっていた料理屋ってのは、盗人一味の塒ですか」

「ああ、そうだ」

「料理屋にいた『小西屋』の手代ってのは」

掛井が眼を眇めるようにして、拾楽を見た。

「猫屋、お前ぇ、随分と早耳じゃねぇか。『立川屋』の娘から聞いたのか」

拾楽は、黙(だま)って笑むことで答えた。掛井のことだ、英徳と二人で「立川屋」へ乗り込んだことは、とうに知っているだろう。

「そっちの探索にゃあ俺は関わってねぇから、詳(くわ)しいことは分からねぇ。だが、『小西屋』から姿を消したって話だから、まず間違いなく、一味の引き込み役だ。『小西屋』に狙いを定め、入り込んでいたんだろうさ。貞二郎様は、与力の旦那の子息だ。何か察して動いたのが、仇(あだ)になったってとこだろう」

「そうですか」

静かに応じた拾楽を見て、掛井が、ふっと笑った。

「可愛(かわい)くねぇな。見当がついてるんなら、俺にいちいち訊くこともあるめぇ」

「旦那に『可愛い』ってぇ言われるのは御免(ごめん)ですが、伺(うかが)いたいのはその先の話なんですよ」

分かっておいでのくせに、と付け加えれば、掛井もまた、まぁなと、あっさり応じた。それから、ふ、と小さな息を吐(は)いて、続ける。

「動いてやらねぇでもねぇが、その前に訊いてもいいか。なんで猫屋と医者が、首を突っ込もうとしてる」

拾楽は、今までの経緯(いきさつ)をかいつまんで掛井に話した。

「大貫屋」佳苗と「立川屋」おえよ、小林貞二郎の関わり、二人の娘の本心。おはまが巻き込まれていること、巷で流行りの「観音様の御札」の話。

そして、万事上手く収まった筈なのに、おえよの面が晴れなかったこと。

腕を組んだ掛井が、ふうむ、と唸った。

「つまり、猫屋はおはまとの関わりで、乗り掛かった舟。医者はてめぇの患者が心配、ってぇ訳かい」

英徳は、ちょんと小首をかしげて、答えた。

「心配は、そんなにしていません。元々大したことはなかったんですから。私も、乗り掛かった舟というか、拾さんが何やら虫の報せがしているようなので」

掛井が、ちらりと英徳を見た。

「拾さん、ねぇ」

「『猫屋』より、仲がよさそうでしょう」

ふふん、と笑った英徳を見て、掛井が顰め面を拾楽へ向けた。

「お前ぇに、そっちの気があるたぁ、知らなかったぜ」

「英徳先生の悪ふざけに、旦那が乗っからないでください。話が進みゃしない」

拾楽は、むっつりと二人の遣り取りを遮ってから、掛井に訴えた。

「おえよさんは、まだ何か隠しているのかもしれません。料理屋にいた盗賊一味が、既に界隈から離れているなら、いいのですが」

掛井が軽く頷き、立ち上がった。

「まずは、その料理屋へ行ってみるかい。まだ奉行所の見張りを置いてるはずだから、何か聞けるだろう。ほとぼりが冷めた頃を見計らって、一味が様子を窺いに舞い戻ってたら、儲けもんだ」

拾楽は、思ってもみない申し出に、目を瞠った。

「いいんですか。あたしに首を突っ込ませては、旦那のお立場が」

はっ、と掛井が鯔背に笑った。

「お前ぇが、俺の立場を案じるなんざ、黄色い雪が降るぜ。いや、猫の形の雪かもしれねぇ」

猫の形の雪か、そいつは面白い、と英徳が呟く。

掛井は、笑みを深めて続けた。

「猫屋のこった。どうせ勝手に見に行くつもりだったんだろうが。だったら、俺がいた方が面倒は少ねぇはずだぜ。盗み聞きより話も早い」

少し呆れて、拾楽は訊ねた。

「そこはせめて、『勝手にさせて騒ぎになるくらいなら、連れてく方がまし』って言うところじゃあないんですか」

「お前ぇは、騒ぎになるようなへまはしねぇだろ」

英徳が、口を挟んだ。

「そこまで拾さんに信を置いておいでなら、むしろ知らぬふりをした方が旦那にとってご都合がいいでしょうに。なぜ、付き合われるのですか」

にやりと、掛井が人の悪い笑みを浮かべた。

「面白そうだから」

ずきずきと痛くなってきたこめかみを押さえ、拾楽は「旦那」と窘めた。まったく意に介さない、いい笑顔で掛井が拾楽の肩を二度、叩いた。

「ま、巧いこと同輩を出し抜いて、手柄を立てさせてくれや」

言い置いて、いそいそと歩き出す。

手柄だなんて、思ってもないことを。

内心で苦笑しつつ、拾楽はその後を追った。

御数寄屋町の料理屋の近くまで来たところで、拾楽は身振りで掛井を止めた。

誰か、いる。

英徳も、気配に気づいたようだ。

「どうした」

訊いた掛井に向け、拾楽は口の前に人差し指を立てることで、静かに、と伝えた。

掛井が、厳しい顔で辺りへ視線を配りながら、小声で確かめる。

「ここは、奉行所が見張ってるはずだ。そいつらの気配じゃねぇのか」

拾楽は、辺りに巡らせていた視線を、料理屋の裏手の稲荷へ定めた。

「行きましょう」

小声で二人を促し、そっと稲荷へ向かう。

サバとさくらが、音もなく走って行って、祠のすぐ脇の木に駆け登る。

その枝の下、祠の陰を何やら探っている人影に向かって、拾楽が静かに声を掛けた。

「佳苗お嬢さん」

きゃ、と小さな悲鳴を上げて、人影――佳苗が振り向いた。

「ね、猫の先生」

掛井が確かめる。

「佳苗ってぇと、『大貫屋』の娘か」

佳苗は、手に小さな花簪を握りしめ、顔色を失くして拾楽達を見比べている。

「ここで何してた」

掛井の問い掛けに、佳苗が怯えた風で肩を震わせた。

怯えて口がきけない様子の佳苗を、掛井が更に問い詰める。

「『大貫屋』の娘なら、そこの料理屋で何があったか、知ってるだろう。何しに来た」

「あ、あの、私。貞二郎様に手を合わせようと――」

「そんな風に見えなかったが」

拾楽は、そっと掛井を呼ぶことで、窘めた。

「旦那」

続いて、英徳がのんびりと割り込む。

「掛井様、若い娘さんを脅してはいけませんよ」

ふう、と張り詰めた場が緩んだ。

掛井が顔を顰め、こめかみを人差し指で掻いた。

「済まねぇ、脅すつもりじゃなかったんだ。まずは、場所を変えねぇか」

掛井が言った時、サバがひらりと地面に飛び降り、佳苗の足許へ駆け寄った。

拾楽を見つめた榛色の瞳に、青い光がちらつく。

サバから遅れ、さくらが戻って来た。

にゃあ、と甘えた声で拾楽を呼んださくらを抱き上げると、ほんの少し毛を逆立てているのが分かった。金の瞳は、料理屋の方にひたと据えられている。

やーう。

サバが、低く鳴いた。

――早く、ここから離れた方がいい。

そう言っている青みがかったサバの瞳といい、さくらの様子といい、長居は無用のようだ。

面を引き締めた拾楽を、サバが再び、にゃ、と急かした。

「旦那、サバもここから離れた方がいいって、言ってますよ」

掛井が、厳しかった面を、僅かに緩めた。

「お、やっぱりサバ公とは、気が合うな」

それは違う。

言ってやりたかったが、いよいよさくらが、毬栗の様になってきたので、拾楽は皆を急かした。

「詳しい話は、他所でしましょう」

おずおずと、佳苗が口を開く。

「あの、少しお待ち下さい。猫の先生に都合していただいた御札を、貞二郎様に――」

言いながら、手にしていた花簪に付いていた汚れを大切そうに払い、紙入れに仕舞った。

ざわり、と草木がざわめき、何かに抑えつけられるように、すぐに収まる。

サバの瞳の青が、一段濃くなった。

拾楽は、おっとりと笑んで佳苗を止めた。

「取り敢えず、その御札は佳苗お嬢さんが、持っていましょうか」

佳苗が持っているのは供養のための札だが、あの佑斎が手掛けたものだ。少しくらいは良くないものにも効き目があるだろう。

佳苗が、迷うように拾楽と英徳、そして掛井を見比べ、小さく頷いた。

そよ、とも揺れない草木が、妙に薄気味悪く思えた。

「大貫屋」には、拾楽と掛井、英徳、それに佳苗とおはまの五人が集まっていた。

拾楽は、ここへ落ち着くまでに起きた悶着を思い出し、げんなりと肩を落とした。

「大貫屋」主は、奉行所の同心に送り届けられた娘を見るなり、掛井から引き離すようにして、佳苗を奥へ下がらせた。

その様子に、掛井が厳しさを纏った。佳苗から詳しい話を聞きたいと求める掛井と、娘を案じて応じない「大貫屋」主の遣り取りは、瞬く間に押し問答に変わり、業を煮やした掛井から「娘を番屋へ呼び出す」などという、脅し紛いの言葉が飛び出すに至って、拾楽は仕方なしに割って入った。

まず掛井を少し厳しい口調で窘めた。

佳苗から話を聞きたいのか、佳苗を責めたいのか、どちらだ。

問われた掛井が、ぐ、と黙ったのを確かめ、次に「大貫屋」主を宥めた。掛井が厳しくするのには訳があるのだ、と。

佳苗と会った稲荷とその周りは、貞二郎の一件が絡んで、まだ危ない。昼日中とはいえ、貞二郎と関わりのあった娘が不用意に近づくのは、無謀だ。掛井もまた、佳苗の身を案じているが故のことだ。

件の料理屋は盗人一味の塒かもしれないというところは伏せた上で伝えると、「大貫屋」主は顔色を失くした。暫く黙り込んでから、掛井と拾楽、英徳を客間に招いた。そうして、自分が付き添うよりも安心するだろうと、奉公に来ていたおはまを、佳苗に付き添わせ、今に至る、という訳だ。

　サバとさくらは、只の猫のように奉公人達に愛想を振りまいていたから、今頃は勝手で煮干しやら鰹節やら、貰っている筈だ。

　サバの瞳からは青みも消えていたし、佳苗から離れたということは、もう心配はないのだろう。さくらの「毬栗」も収まっていたから、一安心だ。

　まず掛井が、もそもそと佳苗に詫びた。

「その、色々と済まなかったな。厳しくしてるつもりは、なかった」

　佳苗は掛井に対し、少し怯えた様子を見せていたが、おはまが傍らに来たことで、すっかり落ち着いたようだ。

　慌てて「とんでもない」と、首を振った。

　英徳は、稲荷を離れてから、何やら考え込む素振りで押し黙ったままだ。まったく口を挟むつもりはないらしい。

　拾楽は、敢えて茶化してみせた。

「普段、旦那はちゃらちゃらしてますからねぇ。ちょっと真面目な顔をするだけで、誰だって何事かと、思いますよ」

　掛井が、眉尻を八の字に下げ、ぼやいた。

「随分な言われようだな」

「おや、あたしは、いざって時の為に、わざとちゃらちゃらしてるのかと思いましたが、違ったんですか」

拾楽の皮肉に、成田屋はふんぞり返るように胸を張った。

「普段が、素の俺だ」

「威張ることですか」

下らない遣り取りに、佳苗が小さく笑ったところで、掛井が静かに切り出した。

「あの料理屋は、恐らく盗人一味の塒だった」

未だ、奉行所が密かにあの辺りを見張っているのだ。あっさり打ち明けていいことではない筈だ。

「旦那」と止めた拾楽へ、掛井が軽く応じた。

「猫屋だって見抜いてるこった、構わねぇよ。近づいちゃいけねぇ訳は、ちゃんと知っておいた方がいいだろ」

「そんな」

佳苗が震える声で、呟いた。

気遣うように、おはまが佳苗の手に手を重ねた。

掛井が、淡々と語る。

「料理屋の様子や、偶々その場に居合わせた男達の話をすり合わせると、奴らは塒を慌てて引き払ったんだろう。となると、後始末やその後の奉行所の動きを知るために、密かに舞い戻ってこないとも、限らねぇ」

がたがたと震え出した佳苗へ、おはまが声を掛けた。

「佳苗お嬢さん」

掛井が、佳苗を諭した。

「お前ぇさんを脅すつもりで、聞かせてる訳じゃねぇ。どれだけ自分が危ねぇことをしてたのか、分かったな」

佳苗は、ぎゅっとおはまの手を握り込んで、恐ろしさに耐えるように目を閉じた。

やがて、「はい」と返された応えは、酷く硬かったものの、気丈な色を纏っていた。

「御厄介を、おかけしました」

続いた詫びに、掛井はひとつ頷き、訊ねた。

「あの稲荷で、何をしてた」

佳苗が、おはまの手をゆっくりと放してから口を開いた。

「お参りというのは、本当です」

いいものではなかったが、縁あった貞二郎の為に手を合わせたかった、と続けた佳苗を、拾楽は後押しした。

「お嬢さんのお気持ちは、本当ですよ。今評判の札書き屋に供養の札を頼んだくらいですから」

「これです」

拾楽の言葉を受け、すぐに札を懐から出した佳苗が、小さな悲鳴を上げ、札を放り投げた。

札は、縦に割れていた。

「どうして——」

呟きが、先刻とは別の怯えに震える。

「木の板ってのは、割れるもんですよ」

すかさず、拾楽はそう宥めたものの、内心は舌打ちをしたい気分だった。

これまで、拾楽はうんざりするほど「妖、お化け」の類と関わってきたものの、相変わらず涼太のように「視える」ようにはならない。せいぜいが、あちらが自ら「視せた」時と、命に関わる事態が迫った時に、それと感じるくらいだ。

ただ、うんざりするほど関わってきたお蔭で、色々と察することは出来るようになった。

サバの目の色、さくらの毬栗。なんとも言えず薄気味悪かった稲荷の気配。あの場所と、佳苗が居合わせたことを考えれば、まず真っ先に思いつくのは、出たのは「小林貞二郎」で、佳苗に恨みを抱いている、ということ。そして、サバやさくらが見逃せない程には、物騒であること。

急に「貞二郎」が物騒になったきっかけが、何かあったこと。

その「貞二郎」を抑えたから、札は割れ、稲荷が静かになった。

拾楽は、顔を顰めた。

おはまに、佳苗に関わるなとは言えないし、言っても聞かないだろう。

そもそも、拾楽自身が関わってしまっているし、サバがついてきたということは、世話を焼く気たっぷりと見ていい。

避けようってのも、今更か。

「どうしたよ、猫屋。眉間に皺なんぞつくって」

掛井に訊ねられ、拾楽は「なんでもありません」と、首を横に振った。

「先生」

続けておはまに問われるように名を呼ばれ、笑みをつくる。

「ああ、本当に御札が割れたのは気にしなくて大丈夫ですよ。どうしても心配なら、ちょっとした災難から護ってもらったんだと思やあいい。供養の御札は、また貰って来ますから」

怯える佳苗の目につくところにない方がいいだろうと、割れた札を袂に仕舞った拾楽を、おはまが気遣わし気に見ている。

仕方ないなあ。

「何、ちょいと、うちの長屋の怖あい纏め役の顔が浮かんだもんですから、思わず。あ、これはおてるさんにゃあ内緒ですよ、おはまちゃん」

ふざけた調子で付け加えると、おはまがほっとした様子で笑った。

「佳苗お嬢さん、猫の先生がおっしゃるんなら、本当に大丈夫ですよ」

再び、おはまが佳苗の手をそっと握ると、ようやく佳苗もおずおずと微笑んだ。

掛井が、重い吐息混じりに口を開く。

「手を合わせたかったたってのは分かった。だが、用はそれだけじゃねぇだろ」

佳苗が、微かに視線をさ迷わせた。掛井が訊ねる。

「簪、持ってたよな」

厳しさを纏った問いではあったが、怯える若い娘を追い詰めないように、気は遣っているようだ。

「はい」

佳苗が、小さく応えを寄こした。掛井は続けた。

「お前ぇさんが挿してるのと、色違いの花簪。ありゃあ、誰のだ」

見るところは、ちゃんと見ている。伊達に定廻同心をやっていないのだな、と拾楽はこっそり感心した。

ごくり、と佳苗が生唾を呑み込み、答えた。

「おえよちゃんの簪です。前に、縁日で二人色違いのお揃いで買いました」

佳苗がおはまを見た。言葉にするより早く、おはまが頭を下げた。

「少しお待ち下さい。持ってまいります」

「お願い」

一度客間から出たおはまが、ほどなくして紙入れを手に戻って来た。

稲荷で佳苗が簪を仕舞った紙入れだ。中から出てきたのは、佳苗が挿しているのと色違いの花簪だ。佳苗は淡い紅、おえよが落としたものは、鮮やかな朱だ。落としたまま幾日か経ったせいだろう、布で作られた花は、うっすらと煤け、ところどころに濡れた跡が付いていた。

掛井が訊く。

「およってのは、稲荷から逃げ帰った娘だな。稲荷で落としたのか」

「はい。後になって気づいたそうです」

「やっぱり、か」

苦い呟きを、掛井が零した。

拾楽は、静かに訊ねた。

「どうして、こっそり拾いに行ったんです。それを、なぜあたし達に隠そうと」

はっと佳苗が顔を上げ、ふるふると、首を横へ振った。

「隠そうとしたのじゃ、ないんです」

「そんな訳、ねぇだろっ」

思わず、といった風に声を荒らげた掛井を、拾楽は「旦那」と窘めた。

はっとして、掛井が歯切れ悪く詫びる。

「悪ぃ」

「本当に、隠そうとしたわけじゃあなくて。ただ」

ぽつ、ぽつと話す佳苗に、拾楽が確かめた。

「ただ、この旦那が怖かったんですね」

申し訳なさそうに、佳苗が掛井を見た。再び何やら喚き出しそうな掛井を、拾楽が目で抑えながら、佳苗の代わりに言を重ねる。

「これ以上余計なことを言えば、もっと叱られる気がした。もしかしたら、本当に、番屋へ連れていかれるかもしれない。そう思って、切り出せませんでした」

佳苗が、小さく頷いた。

「それは、仕方のないことですよ。なんてったって、大店のお嬢さんだ。大きな声で怒鳴られることなんざ、生まれてこの方、一度もなかったでしょうから」

「怒鳴っちゃいねぇよ」

歯切れの悪い言い訳をした掛井を、おはまがちらりと見た。

「だから、悪かったったら」

おはまに冷ややかな視線を向けられ、掛井はすっかり弱腰だ。拾楽は笑いを堪えながら、もう一度佳苗に訊いた。

「なぜ、簪を拾いに行ったんです。人死にが出た場所が、恐ろしくはなかったんですか」

「恐ろしくなかった、と言えば嘘になります。でも、私よりおえよちゃんの方が怖がっていたし、簪を落としてきたことを気に病んでいたので。それに」

続け掛けた言葉を呑み込み、佳苗は俯いた。

拾楽が促す。

「どんな些細なことでも、御自分が馬鹿馬鹿しいと思うことでも、教えてください」

顔を上げた佳苗は、弱々しく笑って告げた。

「なんとなく、そのままにしておいてはいけないような、気がして。私なら何の関わりもない娘が、偶々お稲荷様にお参りに来たようにしか、見えないと思ったんです」

飛び切り苦い溜息を吐いた掛井を宥めるように見ながら、拾楽は「なるほど」と相槌を打った。

掛井は、心を落ち着けるように軽く眼を閉じてから、佳苗を見た。

「大店の娘にしちゃあ勘がいいし、肝も据わってるな」

佳苗が、目を丸くした。

「褒めてるんじゃねぇぞ」

苦虫を嚙み潰した顔で、掛井が釘を刺す。

「見かけによらずお転婆な上にその性分が合わさって、厄介だって言ってんだ」

遠慮のない台詞だが、そこには佳苗を案じる音が滲んでいた。

「すみません」

しおしおと詫びた佳苗を取り成すつもりで、拾楽は訊いた。

「お嬢さんがお転婆、ですか」

「普通の箱入り娘なら、簪が気になったって、奉公人に探しに行かせるだろう。それを手前ぇが足を運ぶんだから、十分お転婆だ」

すみません、と佳苗が繰り返した。

「いいか」

言い含めるように、掛井が切り出した。

「こいつは、手前ぇで考えてるより危ねぇ真似だぜ。拾ってきた簪が、なぜ残ってたと思う」

佳苗は、戸惑い顔で答えた。

「縁日で買った簪ですし、汚れてしまいましたし。見つけたのは、祠の陰でしたので」

つまり、見つかりにくいところにあったし、よしんば見つけても、誰かが欲しがるような簪ではない、と言いたいのだろう。

「誰かが、敢えて落ちたままにしていた、ってぇこともある」

「あの、旦那」

佳苗の問い掛けに、掛井は静かに答えた。

「お前ぇさんは、肝が据わってるし、奉公人も連れずに出歩く、気軽な性分だ。だから、脅かしちまうのを承知で、敢えてはっきり言っておくぜ。逃げた盗人一味が貞二郎殿を殺めたのは、顔を見られたからだろう。そいつらが、舞い戻ってきて、その簪を見つけたとする。もうひとり、手前ぇ達の顔を見た娘がいるかもしれねぇ、と考えるだろうな。そうなりゃ、簪の持ち主を知ろうとする」

佳苗の顔から、血の気が引いた。

「そんな。おえよちゃんが、危ない」

「危ねぇのはお前ぇさんだ」

「え」

「拾いに行ったのは、お前ぇさんだ。簪を一味が敢えて残してたなら、間違ぇなく、どっからか、あの稲荷を見張ってる」

今までとは比べ物にならない程、大きく震え出した佳苗の背を、おはまがそっと擦る。

掛井が、少し声を厳しくして念を押した。

「だから、俺がいいと言うまで、決してひとりで出かけるな。なるべくなら、家から出ねぇ方がいい」

佳苗がようやく頷いたのを確かめ、掛井は立ち上がった。掛井の視線に、おはまが小さく頷く。佳苗のことは任せろ、という顔だ。

拾楽は、おはまに笑い掛けてから、客間を後にした掛井を追った。

「大貫屋」の主に事の次第を告げた上で、決して娘から目を離すな、妙な奴が訪ねてきたら、娘には会わせず「鯖猫長屋」へ知らせを寄こせ、と細々指図をした。店を出てすぐに、英徳は「患者を待たせていますので」と、帰って行った。

「とうとう黙りこくったまま帰りやがった。あの医者、何で付いて来たんだ」

涼やかな背中を見送りながら、掛井が呟く。

拾楽も、稲荷を出た辺りから、押し黙ったきりだった英徳が気になっていた。何か思案をしているようでもあり、佳苗の話を漏らさず聞いていたようでもあったが。

にゃーお。

拾楽達が店を後にしたのを見計らったように、サバとさくらも戻って来た。

サバは榛色の目で、じ、とこちらを見つめ、さくらは拾楽の足に頭を擦り寄せて「抱っこ」をせがんでくる。

拾楽は、猫達の側に屈んで、サバの頭をわしわしと撫でた。

——止(や)めろ、馬鹿。

サバは、そんな風に団子(だんご)の尾をふりふりと振ったが、拾楽の手を避(よ)ける素振りは見せない。

サバでも、人恋しいことがあるのだろうか。近頃は英徳のことばかり気にして、あまり構ってやれなかった。

ふと思ったが、きっと口に出して訊けば、明日の朝は鼻がぶりで起こされることになるだろう。それは遠慮したいので、黙っていることにした。

——あたしは、抱っこ、抱っこー。

空(あ)いている方の手を、前の両足で掴(つか)むようにしてきたさくらを「分かった、分かった」と、抱いて立ち上がる。さくらは、早速お決まりの居場所——拾楽の肩に登り、首の後ろへ巻き付くような格好(かっこう)で落ち着いて、ご満悦だ。

「羨(うらや)ましいな、畜生(ちくしょう)」

猫好きの掛井の呟きに、拾楽は、苦笑しつつ言い返した。

「夏場は暑くてね。首にあせもが出来そうですよ」

「惚気(のろけ)にしか聞こえねぇ」

むっつりと、言い返した掛井へ、拾楽は訊いた。

「成田屋の旦那らしくない、なさりようでしたね」

掛井が軽く惚ける。

「そうかい」

「ええ。佳苗お嬢さんには、随分とむきになっているように見えました」

探索は飄々とこなし、捕り物は拾楽や目明しの平八に押し付け、自分は逃げる。

それが、掛井十四郎という同心のはずだ。

勿論、情に厚いし面倒見もいい。酷いやり様には憤りもする。

だが、先刻の様に育ちのいい若い娘を厳しく追い詰める姿を、拾楽は今まで見たことがなかった。

掛井は、暫くばつが悪そうに黙っていたが、やがてぽつりと、呟いた。

「俺が、他の探索にかまけてなきゃ――。そんな風に考えるのは、思い上がりなんだろうな」

そうか。

拾楽は、微笑んだ。

今、「貞二郎殺し」を追っている同心は、巻き込まれた娘なぞ、事情を聞けばあとはほったらかし、下手人をお縄にすることだけに夢中だ。

掛井ならば、おえよに話を聞いた後も日明しを付ける。恋敵だったという佳苗のことも探るだろう。

すぐに二人の娘は、本当は仲がいいと気づいたはずだ。

そうやって、二人の娘を気に掛けていれば、佳苗があの稲荷へ行く前に、止められた。

盗人一味が見張っているかもしれない場所に、不用意に近づくような危ない真似など、させなかったのに。

その悔いと焦りが、掛井を熱くさせたらしい。

そして、その「焦り」は、きっと正しい。

「お優しいこって」

拾楽は、温かな笑い混じりで茶化すと、掛井がぶっきらぼうに吐き捨てた。

「うるせぇ」

それから、厳しい面になって言った。

「俺は、これから平八のとこへ行く。佳苗とおえよは、あいつに任せりゃあ、娘達から目を離さねぇよう、ぬかりなく手配りしてくれるだろう。ああ、それから『立川屋』へも念のために経緯を伝えに行かなきゃな。本当なら、稲荷と料理屋の見張りにも口を出してぇとこだが、同輩の手配りじゃあ仕方ねぇ」

あっさり諦めた言葉に、かすかなもどかしさが見え隠れしている。

あの見張りようじゃあ、口どころか、手だって出したくなるだろうな。

ぬるい気配を垂れ流していた見張りを思い出し、拾楽は冷ややかに嗤った。

だが、あの見張りを手配りした同輩とこじれては、佳苗とおえよを守り難くなる。そういうことだ。

「案外、考えてるじゃありませんか」

掛井が胸を張った。

「俺ぁ、やっとうはしねぇ分、頭は使うんだよ」

「また、妙なところで威張るんだから」

ふふん、と笑ってから、掛井は拾楽へ訊いた。

「お前ぇは、どうする」

なぜ、いつもいつも、当たり前のように拾楽を巻き込むのだろうか。

拾楽はこめかみを押さえた。

まあ、すでにしっかり乗っかった舟ですけどね。

諦めを腹の中で呟いている間に、サバが掛井へ「にゃ」と、答えた。

——行く場所は、もう決まってる。

拾楽は苦笑しながら、告げた。

「あたしは、札書き屋へ行ってみます。サバも気になっているようですし」

ちらりと、掛井は拾楽を見た。

掛井は、「お化け、妖」の力も通じなければ自分で視ることもない。そのせいか、「お化け、妖」を全く信じていない。

眉唾物の札なんぞに関わる暇があるなら、俺を手伝え。

そう言いたいのだろう。

だが、掛井は気のない口調で「わかった。そっちは任せる」と応じた。

「返す返すも、お珍しい。ご自分の目で確かめられないものは、信じないんじゃあ、なかったんですか」

「信じてねぇよ。けど、サバ公と猫屋が気になるってんなら、その札にもなんかあるんだろうさ」

掛井の信頼に、ほわりと、心が温かくなる。

まったく、何を言ってるんだか。

照れ隠しに、口の中で呟いた刹那、温もった心の片隅を、ざらついたものが過ぎていった。

何だろう、この居心地の悪さは。

どうした、と掛井に顔を覗き込まれ、拾楽は慌てて笑みを取り繕った。

「旦那が、めずらしくあたしを褒めるもんですから、ちょっと気が遠くなっただけですよ」

「この野郎。調子に乗りやがって」

遊びのような遣り取りで誤魔化して掛井と別れ、拾楽は浅草寺の北、佑斎の住まいへ向かった。

心地よい温もりの中に感じた居心地の悪さは、気づけば綺麗に消え去っていた。


ふいに、サバが低く唸った。

浅草寺の北、吉原へ続く道すがら、開けた田畑にぽつんと、佑斎の小屋が小さく見えたところだ。

サバが、風に乗るように駆け出す。

「サバや」

拾楽の呼ぶ声に振り向いたサバの瞳には、強い青が浮かんでいた。

さくらが、拾楽の肩から飛び降りた。

——先に行ってるぞ。お前も急げ。

そんな風に、鼻をすん、と鳴らし、サバが佑斎の小屋へ向かった。さくらがサバに続いた。

あの困った札書き屋は、また良くない何かを拾ったのかもしれない。

拾楽は、急いで猫達の後を追った。

近くへ辿り着けば、小屋の入り口を護っていた天の姿がない。

駆け込もうとした足が、開いたままの戸の手前で止まった。

天は、佑斎に向かって牙をむき出し、唸っていた。

獣ならではの、混じりけのない殺気が、ひたと佑斎に向けられている。

佑斎と天の間に割って入っているのは、サバだ。

サバが、ぴん、と気を張っているのが、すっくとした美しい立ち姿から見て取れた。

サバが少しでも気を抜けば、天は佑斎に飛び掛かるだろう。

さくらは、蹲った佑斎に向かって、毛を逆立てている。

ぷり、ぷり、と忙しない調子で、サバが尾を揺らした。

——こっちは、犬で手一杯だ。後ろの奴は、お前が何とかしろ。

そんな仕草に応じ、拾楽は天とサバを避けて、佑斎へ駆け寄った。
「佑斎さん。佑斎さん」
のろのろと、佑斎が顔を上げた。
「ねこ、の、せんせい」
苦し気に拾楽を呼んだかと思えば、何かを堪える風で、再び蹲る。
この様子は、見覚えがある。
山吹を自分に依り憑かせ、大人しくさせようとしていた時と、同じだ。
「しっかり」
丸めた佑斎の背を、拾楽は擦った。
びくりと、佑斎の身体が慄き、次いで凪いだ。
掠れ、ひび割れた声が、佑斎から零れる。
『ナ、ぜ。おマエたちだけ、仲ガ、ヨイのだ』
佑斎の声、物言いではない。侍か。
『オレ、ヒトリ、殺めらレテ。おれは、エよをかくしテ、やっタノニ――』
おえよを隠してやった。
拾楽は、呟いた。

「貞二郎様ですか」

佑斎を芯にして、重苦しい気配が膨らんだ。

当たりらしい。

天の動く気配。

にゃう、とサバが短く鳴いて、天を遮った。

「せんせ、逃げ――」

佑斎が、佑斎の声を絞り出した。

さくらが、ふう、と唸る。

膨らんだ気配が怯んだ様子で、ひと回り縮んだ。

その隙を狙ったように、山吹色の光の粒が、拾楽の周りで瞬いた。

ゆっくりと、光が拾楽の左の袂へ集まる。

拾楽は、はたと気づき、佳苗から預かった物――割れた札を左の袂から取り出した。

ふるん、と、重苦しい気配が震えた。どうやら札に怯えたらしい。

割れていても、少しは使えそうだ。

山吹色の光が、佑斎の背中の上の辺りに集まっている。そこへ、拾楽は二つに割れた札を押し当てた。

通じるかどうかは分からないが、とにかく語り掛けてみる。

「貞二郎様。聞こえてますか」

少し離れたところから佑斎を見据えるさくらの金の瞳が、きらりと光った。

うう、と佑斎が、どちらの声ともつかない音で、唸った。聞こえている、という返事だろうか。

「佳苗お嬢さんは、許婚だった貴方を忘れた。おえよさんは、あの日、助けてくれた貴方を忘れた。何の憂いもなく二人で仲良くしているお嬢さん方が、恨めしいですか」

応えはない。伝わってくるのは、口惜しさ。腹立たしさ。そして何より強いのが、寂しさ。

どうやら、こちらの言うことは通じているらしい。

拾楽は続ける。

「そうですか。お寂しかったのですね。ですが、この札は、お二人がこの佑斎さんに頼んだものなんですよ。貞二郎様の御供養に、と」

忙しなく揺れていた「貞二郎」の気配が、しん、と静まった。

「そもそも、どちらへ養子に行くのが得かと、仲のいいお嬢さん二人を天秤に掛けて弄んでいたのは、貴方様でしょうに」

うにゃーお。

強い殺気を放ったままの天を遮りながら、サバが剣呑な鳴き声を上げた。

――恨みで凝り固まった奴に、説教してどうする。

言いたいことは、恐らくそんな風だろう。

だが、貞二郎の気配は、微かに震えただけで、またすぐに収まった。

なんだか、叱られてしゅんとした子供みたいだな。

そんなことを考えながら、言葉を継ぐ。

「そんな、人でなしの貴方様を、お嬢さんお二人は気に掛けていらっしゃるんですよ。酷い目に遭わされてなお、おえよお嬢さんは、貴方様の死を自分のせいだと悔やみ、佳苗お嬢さんは、貴方様に手を合わせるために、わざわざ危ない場所へひとりで赴いた。お嬢さん方は、貴方様に礼を言われこそすれ、恨まれる筋合いはないと思いますが」

強張っていた佑斎の身体が、ほんの少し緩んだ。

拾楽は、静かに締めくくった。

「良かったじゃ、ありませんか。貞二郎様が庇ったおえよお嬢さんが無事で」

佑斎が、顔を上げた。目から零れた涙が一筋、青白い頬を伝う。

その唇から、聞きなれない念仏が零れた。佑斎自身の声だ。

次の刹那、全ての力が抜けたように、佑斎が倒れ込んだ。

慌てて助け起こそうとした拾楽を、怠そうに首を振って止めた。

「もう、大丈夫、です」

疲れた声で告げ、のろのろと身体を起こし、座り直す。その佑斎の目が、じとりと拾楽を見た。

「舌先三寸で、あの凝った恨みの念を手放させてしまうなんて、猫の先生は何者なんですか」

化け物のように言わないでくれ。

「ただの、猫描きですよ」

拾楽の言葉が耳に入っていないかのように、佑斎は呟く。

「いや、先生じゃなく、橋渡しをしていたさくらさんがすごいのか」

ちょっと待て。

痛くなりかけた頭を、こめかみを揉みながら宥める。

聞き捨てならないことや、確かめなければならないことが山積みで、何から取りかかればいいのか、分からない。

まずは落ち着こうと、大きく息をし、気になることから訊ねることにする。

「あれは、貞二郎様で間違いはないんでしょうか」

「でなきゃあ、あの話で恨みが消える訳はないでしょう。お蔭で、あの世へ還(かえ)して差し上げられた」

あの短い念仏か、と思い返しながら、確かめる。

「成仏(じょうぶつ)、されたんですか。貞二郎様は」

「はい」

「あたしの戯言(ざれごと)の橋渡しを、うちのさくらがしていた」

「はい」

「サバじゃなく」

「大将は、天で手一杯でしょう」

見ると、気の抜けた拾楽や、寛(くつろ)いだ様子で顔を洗っているさくらを他所に、サバは相変わらず、天と睨み合っていた。

貞二郎が成仏したと聞かされ、佑斎ものほほんとしているから安心していたが、天はまだ、鼻に皺を寄せ、佑斎へ鋭(するど)い目を向けている。

どうやら、さくらの話をしている場合ではなさそうだ。

「貞二郎様は、成仏したんですよね」

「この世には、もういらっしゃいませんよ」

「なのになぜ、天は佑斎さんに敵意を向けてるんですか」

ああ、と佑斎が、何かに気づいたように呟いた。さっぱりした笑みを浮かべて、答える。

「あの子は、貞二郎様ではなく、私を殺そうとしてるんですよ。元々、私は天の仇ですから。その上、二度も約束を破ってしまった」

サバが、にゃう、と鳴いた。

――無事に収まったんだ。もう少し待ってやれ。

そんな風に宥めたようだ。天が、一度牙をむき出しにし、一際大きく唸ってから、ふい、と顔を逸らした。

先刻までの殺気が嘘のように、いつもの居場所、小屋の入り口へ戻って蹲った。

「天」

佑斎が、戸惑ったように呼んだが、天は動かない。

拾楽は、ゆっくりと息を吐き出してから、佑斎に向かった。

「色々、聞かせて貰っても、かまいませんか」

拾楽がまず確かめたのは、さくらのことだ。

佑斎曰く、さくらは、サバの様に直に説き伏せるのではなく、「貞二郎」に睨みを利かせ、怯えさせることで、恨みに凝り固まった念に隙間をつくった。その隙間が、拾楽の言葉に耳を傾けさせたのだそうだ。

お転婆なさくららしいといえば、らしいが。

拾楽は、苦い溜息を吐き、膝の上ですやすや眠っているさくらの背を撫でながらぼやいた。

「この子は、普通の猫でいて欲しかったんですけどねぇ」

ただ、のびやかに、天真爛漫に。人の世話など焼かず、ただの猫の手に余るような、危ないこともせず。

くすりと、佑斎が笑った。

「まるで、一人娘を案じている父親のようなことをおっしゃる」

「ええ、娘みたいなもんですよ。さくらは、ね」

拾楽は、急いで一言付け加えた。サバを息子だなぞと言ったら、自分の鼻は無事では済まない。

佑斎が言う。

「先生の望む通りに、なってるじゃありませんか。お転婆で甘えん坊。先生の心配をよそに、のびのびと好き勝手をしている。実に猫らしい、いい娘（こ）です」

手放しで褒められて、なぜか照れ臭くなった。取り繕うように、拾楽は、こほん、と空咳（からぜき）を前置きにして、応じる。

「まあ、サバもいますし、好きなように暮らしてくれれば、十分です。さて、うちの猫の話は置いておいて。まずは、なぜ、どうやって貞二郎様を拾ったんですか」

佑斎が、ほろ苦く笑った。

「拾っただなんて、人聞きの悪い」

「山吹さんだって、そうだった。困ったお化けがいたら、放っておけないのでしょう」

ああ、そう言えば、と拾楽は話を変えた。

「山吹さんにも、助けられました」

拾楽に、佳苗から預かった札を思い出させてくれた山吹色の光。あれは、再び「鯖猫長屋」へ、豊山（ほうざん）の側へ戻るため、佑斎のところで力を蓄（たくわ）えている山吹の助けだったのだろう。

佑斎が、頷いた。

「先生が札を置いてくれた背中の辺り。憑いたものの急所のような場所でしてね」

それから、小屋の天井の隅へ視線をやり、続ける。

「まったく、無茶をしたものです。他人の世話を焼ける程、力が戻ってないというのに」

涼やかな風が、小屋の中を渡った。

呆れたように、佑斎が笑う。

「やれやれ、笑ってる」

拾楽は、苦笑い混じりで、佑斎に頼んだ。

「無茶をしないよう、優しい新造さんに、伝えてください。豊山さんが悲しむ」

「伝わってますよ。長屋の皆さんが『山吹さん』を大切にしていることも、ね」

山吹の魂が、雪割草の姿で豊山の側に留まっていることを知っている店子は、視える涼太くらいだ。それでも、「鯖猫長屋」の店子達は、井戸端で咲く雪割草を、店子仲間のように気遣っている。

佑斎の様子を見る限り、無茶をしたとはいえ、山吹は心配なさそうだ。

拾楽は逸れた話を戻した。

「貞二郎様との経緯を、伺っても」

佑斎は、小さく息を吐き、切り出した。

「小林貞二郎というお侍様の供養の札を、と先生に頼まれた時から、良くない気配は感じていました」

だから、供養の呪（まじな）いに加え、強めの守護の呪いも込めておいたのだという。

その札が割れた気配がした。

佑斎は、山吹を小屋へ残し、気配を追った。辿り着いた稲荷には、恨みと悔い、寂しさが凝った「貞二郎」が、縫（ぬ）い付けられていた。お稲荷様が外へ出ようとする「貞二郎」を阻（はば）んでいたのだ。稲荷の外へ出て悪さをする心配はないが、「貞二郎」はさ迷ったままだ。だから、連れて帰ることにした。

「悔いや寂しさが勝（まさ）っているようだから、二、三日もあれば、大して苦労せずに成仏させられる。侮（あなど）りました。降ろした途端（とたん）、恨みが膨れ上がった」

自らに降ろして初めて、「貞二郎」の視たものが、佑斎にも視えた。

初め、「貞二郎」は稲荷へやってきた佳苗に、喜んだ。

手を合わせてくれるのか、忘れずにいてくれたのか、と。

だが佳苗は自分に手を合わせるより先に、何かを探し始めた。嬉（うれ）しそうに拾い上げたのは、貞二郎も見覚えがある鮮やかな朱の小さな花簪。おえよの黒髪を彩(いろど)っていたものだ。色違いの同じ簪が、佳苗の髪にも挿してある。

大切そうに、幸せそうに、佳苗は拾った簪を仕舞った。

貞二郎が死んだ途端、友になったのだと思った。

娘達の店(たな)は、いがみ合っていたのに。

俺の悪口で気が合ったに違いない。

きっと、酷い男だと、二人で泣きながら語り合ったのだ。

何故だ。何故。

佳苗には、優しくしてやったのに。

おえよは、盗人一味から隠してやったのに。

俺を置いて、俺を忘れて。

娘達だけ、幸せになったのか。

何故だ、何故——。

佑斎の口調に、危(あや)うい熱が籠(こ)もり出したのを見て、拾楽は声を掛けた。

「佑斎さん」

佑斎が、夢から覚(さ)めたような顔で、拾楽を見た。すぐに力なく笑って首を横へ振った。

「御心配なく。貞二郎様が戻って来た訳ではありません。貞二郎様の想いの残り滓のようなものに、少し引きずられただけですから」

拾楽は、先刻佑斎が視線を向けた天井――おそらく、山吹がいる辺りだろう――の真下で寝そべっているサバを見た。

じ、とこちらを見返す榛色の目には、微かな青みが浮かんでいるものの、他人様の家でふてぶてしい程、寛いでいる。

目の青さは、山吹のせいかもしれない。

つまり、佑斎の言葉通り、心配ないということだ。

「山吹さんは、変わりありませんか」

拾楽の問いに、佑斎がサバの頭の上辺りを見ながら、「ええ」と答えた。

「先生がすぐに気づいてくれたので、大して力を使わずに済んだそうです」

そうですか、と応じつつ、普通に「お化け」を説き伏せ、「お化け」の心配をしている自分に呆れる。

あたしも大概、「鯖猫長屋」の日々に毒されてるな。

自分が毒されていようが、「お化け」が見聞きしたことだろうが、信の置ける話なら、耳を傾けない訳にはいかない。

佑斎は、「貞二郎」の視たものが、自分にも視えた、と言った。

にゃーう。

不意に、サバが不服気に鳴いた。

――自分の用の前に、こいつらをどうにかしてやれ。

なんだか、妙に天の肩を持つなあと思いつつ、

「はいはい、分かりましたよ」

と声に出して応じる。

「先生」

どうした、という風に首を傾げた佑斎へ、拾楽は答えた。

「本当は、他人様の内証に口を挟むような野暮はしたくないんですが、サバの奴が、何とかしてやれって言うもんですから。それに、あたしも、佑斎さん達はどうにも、危なっかしいと言うか、もどかしいと言うか」

ふう、と息を吐いて、もう一度「野暮は承知で訊きます」と前置きをした。

「佑斎さんと天は、どんな経緯があるんですか」

佑斎の面が、強張った。拾楽は続ける。

「佑斎さんは、自分のことを『天の仇』だと言った。でも、あたしには、そして多分、サバにも、そうは見えない。天は、貴方のことを案じています」

佑斎が、荒んだ笑みを浮かべた。

「そんなはずは、ありません」

「なぜ、そう思うんです。二度破った約束ってのは、何のことですか」

「野暮ですよ、先生」

「承知で訊く、と言いました」

ふう、とまた、佑斎が荒んだ様子で笑った。

一度、開けたままの戸の前にいる天の方を、佑斎が見た。天は、こちらに背を向け伏せたままだ。耳が小さく動いているところを見ると、自分の話をしていることは、承知なのだろう。

佑斎が、静かに切り出した。

「分かりました。お話ししましょう」

＊

佑斎は、自分の「口寄せ」の才を疑っていなかった。

どんな魂でも自分に降ろせるし、容易に御せる。降ろした以上は、還さなければいけないが、それも、佑斎にとって難しいことではない。

そう、信じていた。

現に、悪霊になりかけた魂も、あの世へ還した。

強い未練も断ち切ってやり、成仏させてきた。

最期に話が出来たと、残された身内から涙ながらに礼を言われるのは、いつものことだ。

江戸、朱引きの内からも「客」が訪れるほど、佑斎の「口寄せ」は評判をとっていた。

だが、どれだけ有難がられても、佑斎が天狗になることはない。

他人様の役に立っている。その誇りがあれば、十分だ。あとは、雨風がしのげる住まいと、食うに困らぬだけの金子があればいい。自分を見失うことなど、あり得ない。

だから、「口寄せ」に法外な金子や礼を求めることも、耳に心地いい出まかせで、残された身内を惑わせることも、ない。

高名でも清廉な呪い師。自分の「口寄せ」に敵う呪い師なぞいない。

佑斎は、自分のことを、そう信じていた。

ある日のことだ。

狼のような犬を連れた若侍が、佑斎を訪ねてきた。

穏やかで明るく、町人の佑斎にも丁寧に接する、清々しい男だった。

とある役人の長男で、既に父に付いて、御役目をこなしているそうだ。

いずれは、家督を継ぐだろう。侍の行く先に伸びる曇りのない道筋が、見えるようだった。

連れている犬の名は、天といい、たいそう強面だが、白と銀鼠の毛色が美しかった。大人しく落ち着いていて、賢そうな瞳を、ただひたすら若侍に向けていた。慕う飼い主と共にいるのが嬉しい一方で、何かを案じているようでもあった。

若侍の側にいる魂が、佑斎は少し気になった。男。まだ若い侍だ。

悪い気配はしないが、この世に強い未練を感じる。何やら侍に告げたいことがありそうだ。

若侍は、佑斎に告げた。

死んだ友と、もう一度話がしたい、と。

「幼い頃から、長い時を共に過ごした、誰よりも分かり合っていた友だった。少し気短で粗野なところがあったが、剣術が得手で、面倒見がよく闊達な友が、誇らしかった」

　では、若侍の側にいるのが、そのご友人か。

　佑斎は、若侍の「友人」に、語り掛けた。

　応えはない。

「友人」の念は、ただ真っ直ぐに、若侍ひとりに向けられていた。天の様だなと、感じた。

　若侍は、一度辛そうに口を引き結んでから、打ち明けた。

「友は、酒に溺れ、身体を壊して死んだ。自らを厳しく律し、剣術に打ち込んでいた友が、どうしてそうなったのか。何か気に病むことがあったのか。なぜ自分に打ち明けてくれなかったのかを、訊きたい。今からでも俺に出来ることがあれば、やり残したことを叶えてやりたい。頼めるか」

「友人」の魂の未練の念が、膨れた気がした。

　天が、唸った。

　佑斎の頭の隅で、小さな光が、ちかちかと、光った。自分自身に、「待て」と言われた気がした。

その微かな虫の報せから、佑斎は目を逸らした。

互いに「話したい」と望んでいるのなら、叶えるのが呪い師(じぶん)の役目だ。

「友人」の魂の力を視ても、佑斎なら容易(たやす)く制することが出来る。

承知しました、と答え、佑斎は「友人」を自らに降ろした。

だしぬけに、「未練」が膨れた。

抑える間もなく、「未練」にどす黒い淀(よど)みが生じ、広がった。

「未練」が「恨み」に姿を変えるのを、佑斎は何もできずに眺(なが)めていた。

自分の唇から、ひび割れた声が零れた。

『おレハ、おまえガ、ニクかっタ――』

そこからは、若侍に対する、毒にも似た恨み言(ごと)があふれ出た。

俺は、幼い頃からお前と比べられてきた。

勉学も、礼儀も、人柄(ひとがら)も。

友のお前に比べて、劣(おと)ると。

いつも一緒にいるのだから、友を見習え。なぜ、友の様に出来ないと、責められ、溜息を吐かれた。奉公人にさえ、嘲(あざけ)られた。

心を寄せた娘は、熱の籠もった目でお前を見た。

だから、剣術に縋った。ひたすら、鍛錬に励んだ。

ようやく、これだけは、お前に負けない。そう思えるようになったのに――。

慕っていた師まで、俺に言った。

お前を見習え、と。

俺の太刀筋は、粗野で雑念が混じっている。

混じり気のない、綺麗な剣気を見習うがいい、と。

手合わせでは、一度も俺に勝ったことがないお前を、見習えと、師匠は言った。

『憎イ。恨メしい。お前だけ、この世デ幸セニして、なるものカ』

「佑斎」は、叫ぶと、若侍が腰に差していた太刀を抜き奪い、茫然としていた若侍に斬りかかった。

がう。

天が吠え、若侍と「佑斎」の間に割り込むや、佑斎の腕に嚙みついた。

「友人」の魂が怯んだ拍子に、鋭い腕の痛みが佑斎に戻って来た。

やっとの思いで、「友人」の魂を自分の中に封じ込める。

恨みの毒気に当てられていた佑斎には、魂をあの世へ還す力は、残っていなかった。

若侍は、憔悴しきった様子で、それでも「本当のことが聞けてよかった。友には心から詫びよう」と、佑斎に礼を言い、帰って行った。去り際に向けられた、心の臓を射貫くような天の鋭い眼差しが、佑斎の頭から離れなかった。

若侍の「友人」は、知己の呪い師に頼んで、佑斎から祓い、還して貰った。「口寄せ」に高い代金を取り、魂が言ってもいない出まかせの綺麗事を「客」に告げていた、俗世の欲に塗れていたと思い込んでいた呪い師は、金子も取らずに引き受けてくれた。

随分骨が折れたようで、「厄介な奴に手を出したものだ」とぼやいてから、佑斎を諭した。

「もう、口寄せの安請け合いは止すことだ。お侍様は、友から、あのむき出しの罵倒を聞かされたのなら、さぞかしお辛かっただろう。それに、安い銭で容易くあの世の『奴ら』と話せるのも、生きてる連中にとっちゃあ、良くない。別離れる踏ん切りがつかなくなるし、あの世に魅せられてしまうことだって、あるんだ」

その言葉のひとつひとつが、佑斎の胸に、深く刺さった。

ひとりになった佑斎は、自らの目黒(めぐろ)の住まいを見回した。

江戸の大店の寮のような、贅沢(ぜいたく)な住まい。金を掛けた調度(ちょうど)。

食うに困らなければいいと思っていた筈の日々の飯(めし)は、忙しさと疲れを言い訳に、贅沢な料理屋で豪勢なものを食べてばかりだ。

いつから、自分は「死に別れた人の声が聞きたい」と助けを求めにくる人々を、「客」と呼ぶようになったのだろう。

ろくでもない、と思っていた他の呪い師、少なくとも、自分の代わりに若侍の「友人」を還してくれた知己は、自らの欲だけの為に高い金子を得ている訳でもなく、耳に心地のいい嘘は、客への追従(ついしょう)だけでは、なかった。

私は、なんと愚(おろ)かな。

佑斎は、大きな悔いを抱えた。

しばらくして、知己の呪い師が、若侍の消息を伝えに来た。

お前は、知っておくべきだ、と前置きをして告げられた話は、佑斎には耐えられないものだった。

若侍は、死んだ。

振る舞いが荒れ、町中で騒ぎを起こし、廃嫡(はいちゃく)された。それから酒に溺れ、身体を壊した挙句のことだという。

目の前が、真っ暗になった。

その死に様は、若侍の「友人」と、重なる。

ご友人が、連れて行ったのか。

佑斎の呟きに、知己の呪い師は首を横へ振った。

「あの時、確かに祓ってあの世へ還した。荒れたのも、酒に溺れたのも、そのお侍様が自ら選んだ最期だ。せめて、友と同じ死に方をすることで、詫びたかったのかもしれないな」

つまりそれは、佑斎が降ろした魂を制することができず、むき出しの本音を伝えてしまったからだ。

友には心から詫びよう。

あの時、佑斎に告げた若侍の、痛々しい姿が思い出された。

「詫び」とは、それだったのか。

佑斎は、叫んだ。

誰か、私を殺してくれ。

「それで、目黒の住まいを引き払い、『口寄せ』から手を引いて、朱引きの内で細々と札書きを始めた、という訳ですか」

拾楽の言葉に頷いた佑斎の微笑は、酷く痛々しかった。

佑斎は、動かない犬を見ながら、言った。

「天は、どうやって知ったのか、私がここへ移ってから、ふらりとやってきましてね。居ついてしまった」

ううん、と拾楽は唸った。

「どうして、主の仇を討つために側にいる、なんて思ったんです」

拾楽は、鋼丸という犬を知っている。

病を得た主に代わって仇討ちを果たした、見上げた犬だ。

鋼丸が放っていた仇への殺気と、天が佑斎に向ける殺気は、色合いがまるで違う。

殺気の色合いなぞ、「黒ひょっとこ」だからこそ感じ取れるものだから、佑斎には言えないけれど。

＊

天の殺気は、とても辛そうで、哀しそうだった。

「腑抜けの佑斎さんなら、隙を窺うまでもなく、あっという間に仇は討てるでしょうに」

拾楽は続けた。

「腑抜け、ですか」

「ええ、腑抜けですよ。犬ごときに殺されたがってるんですから」

敢えて、犬ごとき、と煽った拾楽を、佑斎は束の間鋭く睨んだ。

やっぱりお前さん、天が大事なんじゃないか。

鋭い怒りをすぐに収め、佑斎は穏やかに応じた。

「私が、約束を守れるか見張っているのでしょう。その間の猶予、ということですよ」

「約束、ですか」

幾度か、佑斎が口にしていたなと、思い出す。

「はい。天としたんです。二度と、口寄せはしない、と。山吹さんと、貞二郎様。私は、二度も破ってしまった。仮初でも再び生身を得た途端、只の未練が恨みに変わる。まれにあることだと、分かっていた筈でした。私は、あの時の若様と同じ過ちを、貞二郎様でも犯したんです」

ううん、と、再び拾楽は唸った。

「それでも、天は佑斎さんを許している。それはもう、仇討ちをするつもりは、ないってことじゃありませんか。今は佑斎さんが心配で側にいるんですよ。また前の御主人の時のようなことが起きれば、佑斎さんは耐えられない。そうなる前に、たとえ佑斎さんを傷つけてでも、自分が止める。そう決めてるんじゃ、ありませんか」

「そんな訳――」

「だって、山吹さんの時、天は穏やかだったじゃあ、ありませんか」

佑斎は、はっとした顔をした。

拾楽は続けた。

「さっきも天は、サバに諭されて、刀、じゃないか、牙を収めた。サバは、天に言ってましたよ。無事に収まったんだから、もう少し待ってやれってね」

そんな気がするだけですが、と、言い添えれば、佑斎が、ゆっくりとサバを見遣り、天へ視線を移した。

拾楽は、少し笑った。

「サバの奴は、犬の好き嫌いが激しくてねぇ。主人に代わって仇討ちをするような、賢い犬じゃなきゃ、歯牙にもひっかけない。そこいらの犬の匂いをあたしが付けて帰った日にゃあ、側にも寄ってくれませんよ」

「先生。犬が、そこまで考えるものですか」

縋るような佑斎の問いに、拾楽は問い返すことで答えた。

「佑斎さん自身が、只者ではないと見定めたサバを、信じられませんか。天の仇討ちの賢さは信じられるのに、佑斎さんを止めようという覚悟は、信じられませんか」

いくら待っても、応えはなかった。

経緯を考えれば、頑ななのも無理はないか。

少しでも、天が何を望んで側にいるのか、考える心のゆとりが出来たのなら、今日のところは良しとしよう。

「貞二郎」が見たものの話を聞きたかったが、致し方なし。明日になれば、佑斎の気持ちも、少しは落ち着いているだろう。

天の白銀の背中を見つめ続ける佑斎を置き、サバとさくらを連れ、拾楽は住まいを後にした。

長屋へ帰ると、待ち構えていたように、おてるが拾楽を訪ねてきた。

煮干しを手にしていたから、サバとさくらに逢いに来たのかと思ったが、拾楽を見る目が妙に怖い。

暫く、サバとさくらを構ってから、おてるは目と同じくらい怖い声で、切り出した。

「『成田屋』の旦那から言伝だよ。『札書きから何か訊き出せたんなら、いつもの番屋へ知らせを寄こせ』ってさ」

あちゃあ、そこでしたか。

思わず目を泳がせた拾楽に、おてるが追い打ちをかける。

「まだ、あの札書き屋に関わってるんだって。おはまちゃんが心配ってだけにしちゃ、随分と手を広げたみたいじゃないか」

言い振りからして、掛井は懇切丁寧に、おてるへ委細を伝えてしまったようだ。

もごもごと、言い訳にならない言い訳を口にする。

「まあ、乗り掛かった舟というか、乗っちまった舟、というか」

「そんなもん、さっさと降りちまいな」

ぴしりと叱られ、拾楽は首を竦めた。

おてるの傍らで伸びていたサバが、どっこいせ、という風に立ち上がり、おてるの膝で丸くなった。

甘えん坊のさくらが、サバと張り合うように続く。

膝に乗った二匹分のふかふか、まん丸に、おてるの頬が緩む。

——まあ、許してやってくれ。

サバがそう言ってると伝えてみたら、許してくれるだろうか。いや、「大将を出汁にするんじゃないよ」と、余計叱られそうだ。

おてるの顔色を盗み見た視線と、目が合った途端、サバとさくらのお蔭で緩んだおてるの視線が、再び厳しさを増した。

蛇、いや虎に睨まれた心地で、拾楽はひたすら誤魔化し笑いに徹することにした。

やがて、おてるが諦めたように拾楽から目を逸らした。

「大将とさくらが、今回は大目に見てくれってんなら、仕方ないね」

ぱ、と拾楽は丸めていた背筋を伸ばした。

「さすが、おてるさん。成田屋の旦那より、余程サバとさくらの言葉が分かりますね」

「ちょっと褒められたくらいじゃ、誤魔化されないからね」

おてるは、ふん、と鼻をならしたものの、まんざらではない顔をしている。

サバが、おてるの膝から降り、にゃん、と一声鳴いた。

どうやら、大目に見てくれることにした礼らしい。さくらは、早くもうつらうつらしている。

拾楽が気を抜いた刹那、肩口辺りに向けて、びしりと人差し指を向けられた。

「いいかい。くれぐれも、『妖、お化け』の厄介事を、長屋まで持ち込まないどくれ」

拾楽が大きく二度頷くと、苦い、苦い溜息を吐き、そっとさくらを抱いた。

さくらは、気持ちよさそうに寝息を立て始めていた。

さくらは借りてくよ、と小声で伝え、おてるは戻って行った。

拾楽は、隣には間違っても聞こえない程の声で、独りごちた。

「さて、貞二郎様はもう心配ないとして。お嬢さん方の騒動はこれから、だし。天と佑斎さんも、このまま収まるところに収まる、とは思えないし。どうしたもんですかね、おてるさん」

＊

拾楽に釘を刺した晩。与六の半纏を繕いながら、おてるは道具の手入れに余念のない亭主に話しかけた。

「ねぇ、お前さん。ここのところの先生、少し危なっかしいような気がしないかい」

「そうかねぇ」

与六の返事は、相変わらず軽い。

けれど、おてるは与六がいつだって自分の話に耳を傾け、一緒に知恵を絞ってくれているのを、知っている。

おてるは、言った。

「どうも、お節介が過ぎるんじゃないか、って思うんだよ」

与六が、喉で笑った。

「おてるに言われたくねぇと、思うぜ」

「あたしのお節介は、過ぎちゃいない。いい塩梅なんだよ」

与六が、豪快に笑った。

「なるほどな。さすがは俺の恋女房ってもんだ」

大切な亭主の上機嫌な笑いに釣られ、一緒に笑いながら、おてるは拾楽が長屋へ来てすぐの頃を、思い出していた。

今でこそ、拾楽とはすっかり身内も同じ仲になっているが、出逢った時の顔には、なるべく店子達に関わりたくない、とくっきり書いてあった。

それからサバがやってきて、ゆっくりと長屋に溶け込んでいったが、親しく言葉を交わしている時も、嫌々ながら長屋の騒動を収めてくれている時も、拾楽とおてるたちの間には、見えない戸板が一枚、挟まっている心地がしていた。

今の拾楽の情の深さは、あの頃とは逆さの方へ大きく振れた振り子のようだ。

振り子が振り切れて、あの頃に戻っちまわなきゃいいけど。

おてるは、拾楽の部屋へ繋がる薄壁に視線をやり、そっと溜息を吐いた。

其の四

大手柄（おおてがら）

天邪鬼な鯰

拾楽、掛井と稲荷へ行った夜更け。

英徳は、人の気配で目を覚ました。

間を置かず、ほとほとと、表の戸を叩く音が聞こえた。

少し間を置いて、急かすように、再び戸が鳴る。

病人か。

英徳は、診療所で病人を診る時に着ている藍の小袖にさっと着替え、外していた眼帯を付けて表戸へ向かった。

「高潔で腕のいい医者」に扮していると、本気で「夜中でも病人を診なければ」という気になるのだから、面白い。

誰何をせずに戸を開けると、前に立っていた男が、ぎょっとしたように、左足を後ろへ一歩、小さく下げた。

その動きを静かに確かめてから、英徳は目の前の男に訊いた。

「病人ですか」

訊ねると、男はゆっくりと首を横へ振った。

歳の頃は、二十歳を二つ、三つ、過ぎているだろうか。目につくところと言えば、男にしては色白な肌と、大人しく通った鼻筋くらいだ。人込みに紛れやすく、見咎められても覚えられない。

盗人なら、さぞかしいい働きをするだろう。

値踏みをしながら、英徳は更に訊いた。

「病人でないなら、こんな夜更けに、何の用です」

男は、軽く頭を下げてから、英徳を見た。

奈落のような昏い眼だと、思った。そこだけが、凡庸でうすぼんやりした男の容貌の中で、際立っていた。

男は、告げた。

「私は、佑斎と申します。札書きをしております。夜更けに不躾は承知でございますが、どうしても、貴方様にお伝えしたいことがあり、やってまいりました」

佑斎という名の札書きには、覚えがあった。

近頃「霊験あらたか」だと巷で評判の札書き屋。「大貫屋」の娘が、この男が書いた札を持っていた。拾楽と知己で、確か、新しい札を貰ってやるとかなんとか、お人よしのひょっとこが、話をしていた。

「中へどうぞ」と、英徳は佑斎を招き入れた。

訪ねてきた患者を診る、板張りの六畳間へ通した。

火鉢に火を入れ、湯を沸かす。

寒気を訴える患者も多いので、夏でも火鉢は欠かせないのだ。

水を湯呑へ少し注いで、葛粉と干した生姜の粉を入れ、根気よく混ぜる。葛粉が溶けてたところへ沸いた湯を足し、黒砂糖と、干した唐辛子の種で作った粉をひとつまみ加えれば、風邪のひき始めに効く薬湯の出来上がりだ。

佑斎は、何も言わず、戸惑いもせず、薬湯をつくる英徳を眺めている。

黙って湯呑を差し出した英徳に、佑斎は顔をくしゃりと歪める笑みを向けた。

『懐かしいなあ』

佑斎が、英徳のよく知った声で呟いた。

佑斎は、続けた。

『あっしが、風邪をひくと作って下さいましたっけ』

英徳は、静かに応じた。

「ああ。お前ぇは、よく風邪をひいちゃあ、皆に気づかせねぇように隠してたからな」

『あっという間に、御頭に見抜かれちまってましたけどね』

佑斎は、湯呑を手に取ると、嬉しそうに薬湯を啜った。

黒砂糖の甘みに油断していると、後から唐辛子の種の辛さが舌を焼く。天邪鬼の御頭らしい薬湯だと、手下たちは、呆れ混じりにぼやいていた。

火鉢に掛けたままの鉄瓶が、ちん、ちん、と高く小さな音を立てている。

佑斎が、丁寧に味わうように、時を掛けて飲み干し、幸せそうな笑みを浮かべてから、湯呑を床へ置く。

困った視線を英徳へ向け、佑斎は訊いた。

『いつから、気づいておいででした』

「驚いた時に、左足を引く癖。小さい隙が出来るから、直せって言ったはずだぜ、又三」

『いつものように、又、とは呼んで下さらねぇんで』

英徳は、答えなかった。

佑斎が、言葉を重ねる。

『あっしが死んで一年も経たねぇうちに、御頭の右腕は、この又三からひょっとこ野郎になっちまったってぇことですかい』

佑斎の口から紡がれる、淡々とした恨み言にも黙していると、佑斎は、ぽつりと呟いた。

『あっしは、徳さんってぇ呼ばせて頂いたことは、なかった』

ち、と英徳は小さく舌を打った。

英徳とは、「医者」の名だ。何を拘る。

英徳は、ひたと佑斎を見据えた。

怯えるように、佑斎の肩が揺れた。

「お前ぇ、死んだ拍子に阿呆になったか」

泣き出しそうな声で、佑斎は英徳を呼んだ。

『御頭』

英徳――鯰の甚右衛門は、面倒が嫌いだ。

女の悋気、男の嫉み。人の想いが絡むあれこれは、甚右衛門が最も嫌う、面倒ごとだ。

慕われるのは、一味を率いる上で都合がいいが、それも過ぎればただの面倒でしかない。

そのことを、甚右衛門の右腕だった又三は、誰よりも承知していた筈だ。

く、と英徳は、喉の奥で嗤った。

「それとも、甚さんとでも、呼びたかったかい。だがさすがに、手下が御頭をそんな風にゃあ呼べねぇよなあ。お前ぇが、俺と肩を並べようと企んでたとは、知らなかったぜ」

ただの揚げ足取りなのは、分かり切っている。

それでも、又三は狼狽えた。

『あっしは、そんなつもりで、申し上げたんじゃあ――』

佑斎自身の声と、又三の声が、斑に交じるように、揺らぐ。

英徳は、顔を顰めた。こんな言葉遊びにもならない遣り取り、かつての又三なら軽く受けて立っていたのに。

「うるせぇよ」

平坦に突き放すと、佑斎は哀し気に口を噤んだ。

英徳が、先刻の問いを繰り返した。

「又三。死んだ拍子に阿呆になったのか」

お前の頭が、悋気や嫉みが引き起こす面倒を最も嫌うことを、まさか忘れた訳ではあるまい。

二度同じことを言われ、「阿呆になった又三」も、英徳が言外に含ませた意味に気づいたようだ。

又三は、詫びない。

詫びて済むくらいのへまなら、最初からするなと、甚右衛門は手下に言い聞かせていた。

佑斎が、細く長い息を吐いた。

『これだけは、聞いてくだせぇ。御頭、あいつは、よくねぇ』

ここまで言って聞かせても、なお悋気を抱えるか。その悋気が、又三をこの世に繋ぎとめているのだろうか。

苛立ちが、腹の底でむくりと首をもたげた。

英徳の心の内を知らぬげに、又三は滔々と語った。

『ありゃあ、根っからの一人働きだ。一味の綻びになりやす。いや、御頭の身を危うくしやす。あのひょっとこ野郎だけは、お側に置かれちゃあいけやせん』

ああ、煩い。

英徳は、診療所の隅、文机の裏に仕込んである匕首へ、ちらりと気を向けた。

佑斎ごと、消しちまうか。

物騒な考えが頭を過った時だった。

にゃーお。

いつの間に入って来たのか、小柄な縞三毛が、佑斎の足許にいた。見惚れる背中の鯖縞柄、すっくと立った美猫振り、団子の尾。拾楽の飼い猫だ。

瞳は、榛色だった筈だが。

英徳は、青の光が閃くサバの双眸を見て、小首を傾げた。

又三が、狼狽えたようにサバから後ずさった。

ずい、とサバが空いた間合いを詰める。

うやーおう。

低く、鋭く、サバが鳴いた。

糸が切れたように、佑斎の身体がその場に頽れた。

佑斎は、ぴくりとも動かない。息はある。

「おい」

声をかけてみるが、変わらない。顔をしげしげと覗き込んでみる。

鼻でも抓めば、気が付くだろうか。

考えたところで、サバがこちらを見ていることに気づいた。

青かった瞳は見慣れた榛色に戻っていた。

猫の冷ややかな視線に、英徳は苦笑いを零した。

「お前、拾さんを顎で使ってるだけじゃなく、そんな目を向けているのか」

すん、とサバが鼻を鳴らし、さりげなく視線を逸らした。

あいつは子分だ、何が悪い、という風に開き直るかと思いきや、なんだかばつが悪そうだ。

思わず笑いが込み上げる。

どうやら、「好き」という意思表示を、あの冷たい視線でしているらしい。

サバが、心底厭そうに鼻に皺を寄せた。

英徳が、頭をわしわしと撫でても、サバは大人しくしている。

拾楽と妹分の猫、長屋の店子、ついでに掛井や深川の主、その周りにいる連中。成り行きで関わった者。

英徳は、サバにとって大切な存在、守るべき存在に、大きな害は為さない。

そう、知っている顔だ。

危なくないなら、悪人だろうが善人だろうが、どうでもいい。善悪やら義理、道理、人の面倒な物差しなんぞ、どこ吹く風だ。

なんだか楽しくなってきて、話しかけてみる。

「お前さん、つくづく猫だなあ」

いささか乱暴な撫で方に耳を、へしょ、と伏せていたサバが、呆れた目で英徳を見上げた。

あはは、と英徳は笑った。

「確かに、お前さんが猫なのは、当たり前か」

サバが、滑らかな動きで英徳の手から逃れ、間合いを取った。

ふん、と鼻先を、倒れている佑斎へ向ける。

「何だ。こいつを送ってやれってか。人使いの荒い猫だな。ああ、分かった、分かった。鬱陶しい又三を追い払ってくれたのは、お前さんだろう。その礼くらいするさ」

猫に請け合い、英徳はすっかり力の抜けた佑斎を背負った。

サバに案内されるまま、浅草寺北のおんぼろ小屋を訪ねると、茂みから銀鼠色の犬が飛び出してきた。

きゅーん、と小さく鳴きながら、心配そうに佑斎の様子を窺う。

どうやら、こいつの飼い犬らしい。

戸締まりをしていない小屋へ入り、板の間へごろりと佑斎の身体を横たわらせる。

女子供なら、布団のひとつも敷いてやるところだが、いい大人の野郎だ、これで十分だろう。

元手下が勝手に身体を使った詫び代わりに、傍らに小さな薬包と書付けを置く。

ふと外を見ると、猫と犬が何やら親し気に鼻を近づけ合っていた。

なんとなし、犬がサバに礼を言っているように見えたから、外へ出て犬の頭を軽く撫でる。

人懐こいとは程遠いような犬が、大人しく撫でられるままになっているのは、主を送ってきた自分への礼のつもりなのだろう。

「構わねぇよ。こっちこそ、元手下が済まなかったな」

くふ、と、犬が小さく応じた。

サバと違って、妙に人間臭い。

「もう、主を見失うんじゃねぇぞ。ちゃんと見張っとけ」

声をかけて小屋を後にすると、サバがついて来た。

しゃがみ込んで小さな頭へ手を伸ばせば、サバは、ひらりと身体を躱した。

じっと、榛色の瞳をこちらへ据えている。

こちらの腹の裡は見透かしているが、まだ、すっかり信用した訳じゃない。そんな目だ。

それはそうだろうな、と英徳は頷いた。

長屋の店子に一服盛った男を、やすやすと許すはずもない。

うんっ、とひとつ背伸びをして、英徳は気軽に出し入れしていた「鯰の甚右衛門」の気配を、身の奥深くに仕舞い込んだ。

「これで、欠片程の心配もないでしょう、大将」

英徳の口調で訊ねると、サバはまた、すん、と鼻を鳴らし、闇へ溶けて行った。

初めの目論見とは随分違ってきたが、こちらの遊びの方が面白そうだ。

英徳は、清廉な医者の顔で笑った。

＊＊＊

「こりゃ一体、何事ですか」

拾楽は目を丸くして、佑斎に訊いた。

佑斎が、弱り切った顔で笑った。

「私が一番訊きたいところです」

風のない、うだるような暑さの午すぎ。胡坐を搔いた佑斎の足の上に、天が乗っている。

勿論、天の大きな図体全て佑斎に預けている訳ではなく、太腿の上に乗っているのは天の顎のみで、前脚は佑斎の太腿の下、胸から下は、板の間にぺたんと付けている。佑斎に沿うようにして少し身体を曲げているのは、甘えているのか、動かぬよう押さえつけているのか。時折、はた、はた、とふさふさの尾が床を拭くように揺れる。

掬い上げるように拾楽とサバを見ている暗い銀色の目は、すっかり据わっていて。

常に佑斎と間合いを取っているいつもの天とは、別の犬のようだ。

いや、格好だけは、大きな犬というより、猫か、お大名や金持ちが飼っている狆のようだ。佑斎の膝の上からは、たっぷりとはみ出ているけれど。

サバも、珍しく驚いたらしく、呆気にとられた顔で、天と佑斎を見比べるばかりで、いつものように挨拶に行こうとしない。

拾楽は、頰を引き攣らせつつ、取り敢えず天に声をかけてみた。

「やあ、天。表が暑かったのかい。そこも、随分暑いと思うけど」

いつもなら、ふい、と視線を逸らす天がじっと拾楽を見つめているのも、らしくない。

「今朝から、ずっとこうなんですよ。厠へも付いてきましてねぇ」

苦笑い混じりで、佑斎が告げた。

佑斎に頭を撫でられ、天が気持ちよさげに目を細めた。

なんとなく近づき難く、さて、どうしたものか、と戸惑う男共を尻目に、さくらが、とことこと天へ近づいた。勝手に天の顔に鼻を近づけて挨拶を済ませると、早速、天の揺れる尻尾で遊びだす。

やれやれ、という風にサバが軽く項垂れると、さくらに続いた。

天のすぐ傍らに、しゃんと背を伸ばして座ると、にゃ、と一度、間を置いてもう一度短く鳴いた。

――気持ちは分かるが、心配しすぎだ。

そんな風に諭しているようだ。

天が、わふ、と小さく鳴いたのは、分かったという返事だろうか。縋るような目を佑斎に向けた後、のそのそと佑斎の膝から顎を下ろし、すぐ傍らで蹲り、目を閉じた。

それでも、尾でさくらの相手をしてくれているあたり、律義な犬である。

拾楽は、小さく笑んだ。

「どうやら、側へ行っても怒られずに済みそうですね」

言って、土間から板の間へ上がり込む。

ふう、と佑斎が小さく息を吐いた。

「側にいてくれるのは嬉しいんですが、どうにも動けなくて難儀しました。今日は商いは止めです」

そう告げた言葉の通り、声も楽し気に弾んでいる。

傍らの天を気にしながら、「今、茶を」と腰を浮かせた佑斎を、拾楽は止めた。

「お気遣いなく」

それから、佑斎の顔を覗き込み、訊ねた。

「顔色がよくない」

眼の下にうっすらと浮いた隈、疲れたような目許。少し眠そうでもある。

「大したことは、ありません。ただ――」

佑斎が昏い目をして言い淀んだ。拾楽は、「ただ」と聞き返すことで先を促した。

天が、目を開け、顔を上げた。

ふう、と腹を据えるような吐息をひとつ前に置き、佑斎が答える。

「この疲れ方、口寄せをした時のものなんです」

どういうことだ。

拾楽は、佑斎を見、天を見、そしてサバを見た。

天もサバも、当たり前の顔をしている。

こいつは、いよいよおてるさんに叱られそうだ。

げんなりとしながら、拾楽は訊ねた。

「本当は訊きたくないところですが、訊きます。自分で意図せず、身体を乗っ取られることはあるんですか」

佑斎の瞳が、心細そうに揺れる。

「今まで、そんなことはありませんでした。ただ、ごく稀にそういうこともあるとは、人伝に聞いています」

「そいつは、物騒ですね。例えば、相手が力の強いお化けだった、とかですか」

拾楽の問いに、佑斎は首を横へ振った。

「どれほど強い魂でも、現世の生身に、当人の許しなしに入ることはできません」

佑斎曰く、それは、力やら呪いやらとは関わりがない。動かせないこの世とあの世の理（ことわり）なのだそうで。

入り込むにしても、面倒な手順と身体を貸す方の「技（わざ）」、「力」が要（い）る。つまりはそれほど、この世とあの世は、隔（へだ）てられているのだとか。

その割には、なんだかんだ、「この世」にちょっかいを出したり、悪さを働いたりする奴（やつ）らは後を絶たないじゃないか。

得心（とくしん）がいかなかったものの、不平を話したらきりがない。

ともかく、今は話を進めることにした。

「お化けの強さじゃないとすると、どんな理由（わけ）で」

「ひとつは、器（うつわ）となる生身と魂の相性（あいしょう）です。これは、御籤（みくじ）のようなもので、いかんともしがたい。もうひとつは、気づかないこと」

首を傾げた拾楽に、佑斎は言葉を添えた。

「視える力が強い者は、あの世の魂が、まるでこの世の生身の人間に視（み）えることがあるんです」

「それは」

「この世に残した未練、執着（しゅうちゃく）の生々（なまなま）しさが、まるで生きている者のようだと、そちらに引きずられて、視落（みお）としてしまう。あの世の者だという匂（にお）いを。そこで、あちらもこちらも、生身の人間のつもりで言葉を交わしたり、触れ合ったりした拍子に、我知らず、自分の身に降ろしてしまうことがあるんです」

「そういう奴に出くわしちまった、と」

佑斎が、小さく頷いた。

「近くのお婆さんの様子が、気になりましてね」

佑斎の話では、いつも野菜を分けてくれる顔見知りの老婆が、近頃腰の調子が良くないと零していたそうだ。

札書き商いの途中、よく効くと評判の膏薬を手に入れたので、野菜のお返しに届けることにした。老婆は大きな犬が苦手らしく、天は置いていった。

札とも口寄せとも関わりのない相手だからだろう、天もすんなりと留守番をしてくれた。

覚えているのは、老婆の家からの帰り道の誰そ彼刻、この辺りでは見ない顔の男とすれ違い、向こうが頭を下げたので、こちらもあいさつ代わりに下げ返したところまでだ。

気づいたのは夜更け、自分の小屋の板の間で、心配そうな天が傍らに蹲っていた、という訳だ。

この怠さや、昨日の出来事、自分から離れようとしない天の様子から推して、そいつに身体を乗っ取られたとしか思えないのだと、佑斎は苦々しく語った。

「入られたことさえ気づかず、身体を乗っ取られてしまった。ぞっとするような、しくじりです」

拾楽は、訊いた。

「その間のことは、なにも覚えていないと」

「はい、いや。覚えていないのは確かなんですが、人となりや、想いの切れ端が、うっすらと残っていましてね」

「どんな奴です」

ふ、と佑斎の視線が、宙を泳いだ。

遠くを見るような目で、言葉を探し探し、告げる。

「男。盗人。右腕。名は、ぞう。ええと、そうですね。多分、又三。おや、鯰って、なんだ」

ぎくりと、鳩尾が厭な音で軋んだ。

拾楽は、迷った挙句、英徳を訪ねることにした。

要らぬことを訊ねて、藪蛇になることより、佑斎に入った鱠と関わりのあるお化けをそのまま放っておく方が、大事になりそうだ。

診療所から出ていった患者と入れ違いでやってきた拾楽の顔を見るなり、英徳はにっこりと笑って言った。

「ああ、拾さん、いいところへ。実は頼みがありましてね」

「そりゃ、断ってもいい頼みですか」

咄嗟に、そう返してしまった拾楽を、英徳は、はは、と笑い飛ばした。

「頼みですから、勿論構いませんよ。ただ」

す、と笑みを体の内に吸い込むように消し、真摯な眼差しを、こちらにひたと向ける。

「ぜひとも、聞いていただきたい。私ひとりでどうにかしてもいいのですが、それでは少し時が掛かる。時が掛かれば、傷つくお人が出るやもしれません」

妙だな。

拾楽は、英徳を見返した。

いつもの英徳とは、少し違うような。時折零れていた――間違いなく、敢えてだ――物騒さが、影を潜めている。

普段にも増して「いい医者」振りに隙がない、というより「いい医者」「堅気」そのものだ。

先の「傷つくお人が」という台詞も、こちらを脅しているように聞こえたはずだが、本気の心配しか伝わってこない。

サバもさくらも、我関せず、という顔をして、拾楽の側で寛いでいる。

何か、という風に英徳に小首を傾げられ、拾楽は溜息を吐いた。

英徳が時がない、というのなら、のんびり迷ってはいられない。見せている顔が医者だろうが、稀代の大盗人だろうが、そういうくだらない偽りを、この男は言わない。

「その頼みというのを、聞かせて貰いましょう」

「掛井様に、引き合わせて貰えませんか」

間を空けずに応じた英徳の言葉には、やはり下心も敵意もなかった。それでも、拾楽は疑いの目を英徳へ向けた。

「貴方を、成田屋の旦那に、ですか」

すなわち、盗人を定廻同心に、か。そんな意味を、意図して含めた。

「ええ」と頷いた英徳には、迷いがない。

「英徳先生は、すでに旦那と顔見知りでしょうに」

英徳が首を横へ振った。

「顔見知り、というだけでは、すぐには信じて貰えない話をしますので。ですが、拾さんの後押しがあれば面倒がない」

これは、いよいよ穏やかではない。

小さく息を吐き、拾楽は頷いた。

「どこにおいでか、すぐには分かりませんが」

今度は、英徳が眼を瞠った。

「どんな話なのか、拾さんは聞かなくても」

「急いでいるのでしょう。差し支えなければ、一緒に聞かせて頂きますので」

嬉しそうに笑った英徳が、有難い、と頭を下げる。

「診療所で、待ちますか」

訊いた拾楽に、英徳は首を横へ振った。

「一緒に行きます」

どうやら、一刻を争うような話らしい。

「分かりました」と応じながら、拾楽は考えた。

さて、どこから探そうか。

思案が纏まるより早く、

――さて、と。

と、まずサバが立ち上がった。

そのサバを、たた、とさくらが追い越し、診療所の入り口で立ち止まって急かすようにこちらを見ている。

――あたし、知ってるー。

金色の目がきらきらと輝いた。

お嬢さん、どうにか、「只の猫」でいて貰えないもんですかねぇ。

拾楽は、口には出さずにぼやきながら、英徳に告げた。

「さくらに、心当たりがあるようですよ」

迷いのない足取りでさくらが向かったのは、英徳の診療所から回向院を挟んだ東、竪川の畔の道から一本、北へ入った道沿いの小屋敷――ニキの隠居の「庵」だ。

迎えてくれた太市は、すっかり英徳に懐いた様子で、顔を輝かせた。

「役者もどきの旦那なら、いらしてますよ。へぇ、さくらが。偉いねぇ、さくら。

少しお待ちを」

　太市は、用向きを伝えた拾楽に要領よく相槌を打つと、さくらを連れて一度奥へ下がった。

　程なくして、楽し気な遣り取りが、三和土で待つ拾楽まで届いた。

『ご隠居様ぁ、英徳先生とお豆腐先生が、もどきの旦那に御用があるそうですぅ』

『おい、太市。そりゃいくらなんでも、端折りすぎだ。お豆腐先生はいいが、もどきの旦那は、止めろ。大体、なんで医者野郎だけちゃんと呼びやがるんだ』

『そりゃあ、英徳先生はお偉いですから。ねぇ、ご隠居様』

『ほほ。太市にちゃんと呼ばれたいなら、まずは十四郎が、ちゃんとすることだね』

『へへぇ』

　情けない掛井の返事に、ぷ、と英徳が噴き出した。

　すぐに元気のいい足音と共に、太市がさくらを抱いて戻って来た。

　さくらは楽しそうだが、その様子を見たサバが、自分は御免だ、という風に、髭を下げた。

　太市の案内で、拾楽と英徳が居間へ通されると、二キの隠居と掛井が待っていた。太市は、さくらを膝に抱えて部屋の隅に控えている。

太市は、隠居の身の回りの世話だけのためにいるのではない。隠居の耳目、手足となって動ける敏い子だ。隠居も、そんな太市に信を置いて、ようやく心の傷が癒えてきた太市の負担にならないよう気を配りながら、「大人の遣り取り」を聞かせるのだ。

向かいに腰を下ろした英徳を見るなり、隠居が、おや、という目をした。

英徳の変わりように、気づいたのだろう。

すぐに好々爺の佇まいに戻り、笑顔で英徳を迎えたあたり、やはり食えない大狸だ。

「いきなり訪ねた不躾を、お許しください」

丁寧に詫びた英徳へ、二キの隠居は鷹揚に頷く。

「なんの。用がなくとも、太市の顔を見にいらしてくれと願ったのは、この隠居ですからの。さて、今日は、この頼りない同心に用と聞きましたが」

「頼りない」と言われた掛井は、げんなりとした顔で隠居を見たが、英徳の真面目な様子に気づいたらしく、文句を言うことも、ふざけて混ぜ返すこともなかった。

英徳が、隠居に軽く頭を下げてから、掛井に向かった。

「まずは、掛井の旦那にお伺いしたいことが」

「おう」

「あれから、お嬢さん方の様子はいかがですか」

お嬢さん方とは、多分「大貫屋」の佳苗と「立川屋」のおえよのことだ。掛井も、誰の話だと聞き返すことなく、むっつりと応じた。

「変わりねぇよ。静かなもんだ」

掛井の様子からして、娘二人の無事に安堵している一方で、全く動きを見せない盗人一味に、苛立ってもいるようだ。

「どちらのお嬢さんにも、等しく目配りはされていますか」

「訊かれるまでもねぇ。ま、ちっとは罠を張ってるけどな」

盗人一味らしい男達が、小林貞二郎を葬り、塒だった料理屋に火を付けた。

偶々その場に居合わせ、簪を落としてきてしまったのは、おえよ。

おえよの落とした簪を、一味が見張っているかもしれないと知らず、探しに行ったのは、佳苗だ。

簪は、偶々落としたまま、誰にも見つからなかっただけかもしれない。

一味は、娘二人のことなぞ、まるで気づいていないのかもしれない。

けれどそうでないなら、どちらも、危うい。

危ういが。

話を聞く限り、通りがかりの男達に見咎められて逃げ出した一味は、隠れていたおえよの顔は見ていないだろう。

一方、簪を探しに行った佳苗の顔は、あの場を見張っていた一味が、見逃すはずがない。

だから、掛井は平八に指図して、娘二人を護らせている。

平八が使う手下なら、抜かりはない。とはいえ、確かではないことに、人はいつまでも気を張ったままではいられない。

そろそろ気のゆるみが出てくるころだ。また、平八にしても、手下を娘達に割き続ける訳にもいかないだろう。

掛井は、がりがりと、月代と額の境辺りを掻いた。

「ったく、来るならとっとと来やがれってんだ」

「来ますよ」

間髪を容れずに告げた英徳を、掛井が見た。英徳が続ける。

「早々にお縄にして頂きたい奴らが、います」

掛井が、す、と目を眇めた。

ぴん、と視えない糸が、掛井と英徳の間に張られた。

その糸を切るように、拾楽は割って入った。

「あたしも、英徳先生に確かめたいことが、ありましてね」

「なんでしょう」

「先生を、札書き屋が訪ねませんでしたか。佑斎さんとおっしゃいます」

ああ、と英徳があっさり頷いた。

「来ましたよ。昨夜の夜中です。厄介なお連れさんをくっつけて」

ふと、サバが顔を上げた。

英徳の後ろ辺りを見遣った目が、淡い青を宿して、すぐに榛色に戻る。

何か、追い払ったな。

察した拾楽に応じるように、英徳が小さく頷いて、笑んだ。

「お連れさんは、大将が追い払ってくれましてねぇ。私も助かりましたが、あの札書き屋さんは、よくよく大将に礼をした方がいい」

拾楽は、じとりとサバを見た。サバはそっぽを向いて知らぬ振りだ。

昨夜、夜中に出て行ったのは気づいていたが、よりによってこの男を助けたとは。

「拾さん。悋気は大人げないですよ」

英徳に笑いの含んだ声で窘められ、拾楽はむっつりと言い返した。

「放っておいてください。猫好きなんざ、誰もそんなもんです」

面白がっている声音で、隠居が呟いた。

「おや、珍しい。猫屋が開き直った」

隠居のからかいにまで乗っていたら、話が進まない。

拾楽は聞こえない振りで、英徳に向かった。

「その、くっついて来たってぇ『お連れさん』は、先生のお知り合いで」

ふう、と英徳が悩まし気に息を吐いた。

「知り合い、というべきか。見知らぬ奴だった、というべきか」

掛井が、「なんじゃ、そりゃ」と不平を漏らしたが、拾楽には見当がついた。

鯰の甚右衛門の知己だが、杉野英徳には関わりがない、と言いたいのだろう。

いきなり明るい声で、太市が「あのお」と、口を挟んだ。

「何だい」と英徳に促され、隠居が小さく頷くのを確かめて、続ける。

「つまり、佑斎さんはお化けを連れて、英徳先生を訪ねた、ってことでしょうか」

英徳が答える。

「そういうことに、なりそうだね」

「では、英徳先生にご用事があったのは、佑斎さんですか、お化けさんの方でしょうか」

「私は、佑斎さんを知らないから、お化けさん、かな」

太市のくりくりした瞳が、二キの隠居と似た深みを纏って、拾楽に向けられた。

「お豆腐先生は、そのお化けに心当たりがおありになる」

こういう時の太市は、大人と同じ扱いでいい。

「お豆腐先生」には、引っかからないことにした。もう、好きに呼んでくれればいい。

「お化けに心当たりはないけれど、さっき佑斎さんから話を聞いて、色々思い当たることがありましてね。お化けをくっつけた佑斎さんは、英徳先生を訪ねたのではないか、と」

「なるほど」

太市が、ちょんと首を傾げた子供じみた仕草とは似合わぬ、大人びた相槌を打って、二キの隠居を見遣る。

隠居は、面白がっている顔で太市を促した。

「続けなさい」

ぱ、と顔を輝かせ、太市が、ええと、と言葉を継いだ。

「昨夜佑斎さんが、英徳先生を訪ねた。佑斎さんは、元は口寄せの呪(まじな)い師で、英徳先生に用があるお化けをくっつけていた。英徳先生は早速、もどきの旦那に会いにいらして、お嬢さん方を狙(ねら)っている奴らが動くから、早くお縄にしろとおっしゃる。お豆腐先生は、その大事な話の腰を折ってまで、佑斎さんが英徳先生を訪ねたのかと確かめた。みんな合わせると、つまり、英徳先生と知り合いのお化けが、佑斎さんのお口をちょいと借りて、奴らのことを英徳先生に知らせた、ということになりそうですかね。そのことをお豆腐先生もお察しだ。そして英徳先生は、おっしゃり様(よう)から察するに、奴らの居所(いどころ)を御存じでいらっしゃる」

太市の明るく迷いのない声音のせいか、英徳は、にこにこと、医者の顔で上機(じょうき)嫌(げん)だ。

掛井は苦虫(にがむし)を嚙(か)み潰(つぶ)している。

間違っていますか。そんな顔で、太市が二キの隠居を見る。

二キの隠居が、ゆっくりと一度眼を閉じ、それから掛井へ向いた。

「——と、いうことだよ。十四郎」

掛井の渋面(じゅうめん)が、酷(ひど)くなった。

掛井の内心は、分かる。この男、「妖(あやかし)、お化け」のもたらす災厄(さいやく)はことごとく弾(はじ)

き飛ばしている癖に、「妖、お化け」は全く視えないし、微かな寒気すら感じることもない。おまけに、自分の眼に映らないものは、信じない。

　いくら頭が上がらない二キの隠居に促されても、太市の言うことを、そのまま受け入れるのは難しいだろう。

　それにしても、二キの隠居があっさり「くっついてきたお化け」だの人間の「お口をちょいと借りて」だのという太市の話を、鵜呑みにするとは思わなかった。

　掛井を取り成すため半分、拾楽自身の驚き半分で、問うてみる。

「ご隠居。失礼ながら」

「何だい、猫屋」

「ご隠居は、口寄せの呪い師を通してお化けがもたらした話を、信用なさるおつもりで」

　唇の両端を軽く持ち上げた笑みは、人よりも妖のそれに近そうで、拾楽の肝が冷える。

　穏やかに、上機嫌に、隠居が短く応じる。

「そりゃ、今更だよねえ、猫屋」

　拾楽は、溜息を吐いた。

拾楽やサバ、なぜか「妖、お化け」を集める「鯖猫長屋」を見ていれば、確かに「今更」だ。

分かっちゃいたが、あたしや長屋のあれこれは、一切合切お見通し、ってことかい。「深川の主」は、いよいよ隅田川の西にも、手を伸ばし終えたらしい。

ふふ、と今度は声に出して隠居は笑った。これは、老獪な人間の笑いだ。

「あっち側は、まだまだ穴があるよ」

顔色をあっさり読まれることにも、慣れた。

諦めの笑みを拾楽が浮かべると、ふむ、と隠居が鼻を鳴らした。

「心配性の猫屋の為に、ちょいと教えてあげようか。太市も、この隠居も、鵜呑みにしておるわけではないよ。佑斎という札書き屋の、口寄せの腕も性分も承知だ。英徳先生の人柄も、医術の腕もよく分かっている。ついでに猫屋が付き添ってやってきたとあれば、その話がどれほど信用できるか、確かめるまでもないだろう」

拾楽が応じる前に、掛井が立ち上がった。

「話は道々聞く。英徳先生、そいつらの塒に案内してくれ」

サバとさくらも、当たり前の顔をしてついて来た。

男三人猫二匹という妙な取り合わせで両国橋を目指しながら、拾楽が、まず掛井に訊ねた。

「旦那、いいんですか」

気が乗らないのが透けて見えるような、うんざりした仕草でぽりぽり、と首の後ろを搔き、掛井はぼやいた。

「仕方ねぇだろ。妖がお化けを『眉唾だ』なんて、言えるわけがねぇ」

「言いつけますよ。その前に、もうご隠居には、聞こえてるでしょうが」

何しろ、「妖、地獄耳に千里眼」だ。

掛井が、首を竦めて「桑原、桑原」と呟いた。

それから、ふと真面目な顔になって告げる。

「ご隠居は、どんな下らねぇ話でも、信じられねぇような話でも、ちゃんと耳に入れなさる。まっさらな頭で、その話が使えるか否かだけを判じる。一度は使えねぇと断じても、捨てずに心の隅っこに取っておく。その種が、いつどんな芽を出すか分からねぇから、ってよ。太市はご隠居の教えを受けてる。元々、何でも面白がる童だったしな。だからって俺ぁ、見えねぇもんは、信じねぇ。それは変えられねぇよ。そうやって十手を預かってきた。ご隠居も『十四郎は、それでいい』っておっしゃるしな」

「こうしているのは、本意ではない、と」

「俺は、ご隠居や太市を信じねぇ、とは言ってねぇよ。だからこういう時は、二人の手足に徹することにしてる」

なるほど、と拾楽が頷くと、掛井は英徳を見た。

「それに、お前ぇさんだって、お化けの話を鵜呑みにして、それだけで騒ぐたあ思えねぇんだよな。つまり元々、話の出どころに心当たりがあるんだろうよ。ご隠居もその辺りは、お見通しだぜ」

英徳が、落ち着き払って頷く。

「そうでしょうね」

「猫屋とつるんでるとこを見ると、昔の商い仲間、いや、違うな。おかめに仲間はいねぇ」

さらりと掛井の口から零れた言葉に、拾楽は眉間を軽く揉んだ。

「往来でする話ですか」

「ちゃんと、遠回しに喋ってるじゃねぇか」

あれが遠回しなのだろうか。確かに、盗人だの、黒ひょっとこだのという言葉は出ていないが。

英徳が穏やかに訊いた。

「昔の拾さんの同業だとして、旦那は私を放っておくんですか」

拾楽はひやりとしたが、二人の間に漂うのは、寛いだ気配のままだ。

ううん、と掛井が唸った。

「ご隠居が野放しにしてるしなあ。今のお前さんはどっからどう見ても医者の鑑だしよ。なのに、俺ひとり騒ぐわけにもいかねぇ。それに、お前さんにゃあ、太市が世話になってる。俺は役目より、義理が大事なんだ」

だから、と掛井は軽く繋いだ。

「俺に見える悪さは、しねぇこった」

英徳が、軽く肩を竦めた。

「見えなきゃ、悪さをしてもいいと、おっしゃる」

掛井が、男臭い笑みを浮かべた。

「いいぜ。だが、俺の目を侮らねぇ方がいい」

「心得ています」

殊勝な応えに、掛井がからりと笑った。

「それじゃあ、何にも不都合はねぇ。そもそも、それこそ今更、の話だからな。三廻は大概が目明しを使ってる。平八が変わり種なだけで、あいつらは殆どが脛に傷持つ奴らだ。酷ぇ奴は、手下になってからも破落戸と変わらねぇ。それを考えたら、お前ぇさん達は、上等だ。何しろ二つ名持ちだからな」

英徳が、ほんのりと笑った。やはり物騒な気配は微塵もない。赤の他人の噂話に興じているようにしか見えない。

「なぜ、二つ名持ちだと」

「そりゃ、二つ名持ちのおかめが、やけに気ぃ張ってやがるからよ。おかめより大物なんだろう」

言ってから、掛井は、腕を組んで胸を張った。

「待てよ。それじゃあ、お前ぇさん達を従えてる俺ぁ、破落戸を使ってる御同業より偉ぇことになるな。まあ、これも俺の人徳のなせる業か」

拾楽は、すかさず異を唱えた。

「従ってるつもりは、ありませんよ」

くすくすと、英徳が笑い声を立てる。八丁堀の配下扱いされても怒る気配がないことに、拾楽は内心でほっとした。

英徳が、拾楽に話しかける。

「拾さんは、のんびり構えてるのと、なんだかんだで世話焼きだから、掛井の旦那の勢いに、つい巻き込まれちまうんですよね。旦那の大雑把（おおざっぱ）なところも危なっかしい」

拾楽は、大きく頷いた。

大雑把と言われた掛井は、さらに胸を張った。

「それも、人徳の内だぜ」

小さな間の後、英徳が朗（ほが）らかな笑い声をあげた。

まるで、昔から三人でつるんでいるような気安さに、拾楽はようやく肩に入れていた力を抜いた。

ふざけた遣り取りはここまで、という風に掛井が面（おもて）を引き締める。

「で、先生は――」

「医者でも、医者屋でも、構いませんよ」と軽く言（げん）を遮（さえぎ）った英徳に、掛井は顔を顰めた。

「そうはいかねぇよ。ご隠居が『先生』って呼んでるんだからな」

英徳が、少し寂（さび）しそうに笑ったのは、気のせいだろう。

掛井は、ぽりぽりとこめかみを人差し指で掻いた。

「まあ、何だ。猫屋と同じような屋号とでも、思やあいいだろう」

英徳は、なるほど、と呟き、はじけるような笑みを浮かべる。どうにも、ついこの男の正体を忘れそうで恐ろしい。

英徳が、笑いを収めて切り出した。

「さて、身の上話はこの辺りにして、『お縄にして頂きたい奴ら』のことをお頼みしても」

おう、という掛井の応えに頷き、英徳は語った。

料理屋を塒にしていた盗人達は、「小西屋」に住み込んでいた引き込み役と合わせて六人。

「食い道楽」の間で、密かな評判になっていた料理屋だ。腕のいい料理人も一味のひとりで、堅気はいなかったという。

連中は、やってくる客から羽振りのいい「鴨」を見定めていた。

白羽の矢が立ったのが、「立川屋」の東、呉服問屋「小西屋」だった。

引き込み役を手代として「小西屋」へ潜り込ませ、首尾よく蔵の鍵を手に入れ、とんとん拍子に押し込みに漕ぎつけた。

証を残さぬよう、また、周りの目を「小西屋」から逸らすために、料理屋に火を付けた。

そこを、小林貞二郎とおえよに見られた、という訳だ。

掛井が、ううむ、と唸った。

「まあ、なんというか、周到な割に塒を引き払うなんてくだらねぇとこで躓くってのは、運のねぇ奴らだな」

英徳が、不服気に鼻を鳴らした。

「火なんぞ付けようとしたのが、間抜けなんですよ」

拾楽は頷いた。

確かに人目は引くだろうが、悪目立ちし易い。それに、まる焼けにでもならない限り、証は残るかもしれない。現に、火事は小火、貞二郎の骸も見つかってしまった。

「仕上げの一手にしちゃあ、お粗末ですね」

拾楽の言葉に、英徳がまた、ふん、と鼻から息を吐いた。

「一味のひとりに、火が好きな奴がいましてねぇ。盗人より付け火がしたい、大きな火が見たいって、変わり者だ」

掛井が、顔を顰めた。

「確かに、『江戸の華』とは言うけどなぁ」

堂に入った医者の顔で、英徳が応じる。

「たまに、いるんですよ。そういう、『頭の箍』が外れたような、おかしな奴」

「なるほど、『頭の箍』ね。詳しいな、とは言わねぇでおいてやるよ」

拾楽は、茶々を入れた。

「言ってますよ、旦那」

「気のせいだ」

ぷ、と英徳が噴き出したところで、掛井が話を戻した。

「それで、そいつらの新しい塒へ連れてってくれるってぇ訳かい」

酷く爽やかに、英徳は「いいえ」と首を横へ振った。

「奴らの今の獲物のとこです」

掛井の気配が、ぴり、と張り詰めた。

「お前え、娘っ子を餌にしたのか」

「やだな、違います。少々、塒を突き止めるのに手間取りました。だから、急いでるんじゃありませんか」

掛井が気を緩めたのを見計らったように、それに、と英徳は言い添えた。

「奴らは『小西屋』さんに押し込めなかった。新しい塒へただ踏み込んでも、身に覚えがないと惚けられたら、厄介でしょう。そもそも旦那だって、奴らが娘さんを狙うのを待ってたじゃあ、ありませんか」

掛井は、暫く黙った後、「まあ、そうだな」と小さく呟いた。で、と続ける。

「どっちの娘っ子の方へ行くんだい」

「決まってます。旦那が罠を張った方ですよ」

＊

一味は、新たな塒を引き払い、不忍池の南岸を目指した。

一味と言っても、所詮は寄せ集めだ。身を置いていた一味がふいに消え失せ、途方に暮れたり、「一味が失せても盗みはするな」という指図に得心がいかなかった者が、なんとなしに群れた。自分が一味を束ねているが、その中では一番の古株だから、というだけで、頭目というよりは、纏め役に近い。

だが、寄せ集めでも、「盗み」の手管はかつての一味で皆身についている。

堅気を装い、料理屋を営みながら獲物を見定め、「小西屋」に的を絞って引き込み役を送り込んだ。

かつていた一味は、時を掛けて仕込みをしたが、今はとにかく「盗み」がしたい。集まった皆がそう言った。

引き込み役の男は、「どこかで火を付けさせてくれるなら、手っ取り早く仕込んでやる」と言ったので、任せた。

引き込みの腕は確かだが「火付け好き」なのが玉に瑕の奴だ。

「御頭」は奴のいかれた性分を面白がって、上手く使っていたけれど。

言葉の通り、奴はあっという間に店の見取図をつくり、店が手薄な頃合いを読み、蔵の鍵まで手に入れてみせた。

こいつは、ちょろい。

そう思ったのがいけなかったのか。

証を残さず、御数寄屋町の料理屋を引き払うつもりが、もっと大きな証を残してしまった。念入りに支度を整えた押し込みも、ふいになった。

引き込み役の不始末だといきり立つ仲間を宥め、早々に獲物を変え、仕切り直しをすることになった。

その前に、憂いは除いておかなければいけない。

仲間の顔を見られた若い侍は、葬った。あとは、火付けを見咎められた引き込み役だが、暫く大人しくさせ、塒と獲物の場所を遠くへ変えればいいだろう。

そう踏んで、念のため、料理屋の跡を探りに行って、裏の稲荷に簪が落ちているのを見つけた。

遅ればせながら、始末した侍が、稲荷の方へしきりに視線をやっていたのを思い出す。

関わりない、たまたま落ちていたものかもしれないじゃないか、という仲間もいたが、消えない胸騒ぎが、「見られた」ことを告げていた。

見つけた簪を敢えて稲荷に戻し、料理屋の辺りを張っていた町方を出し抜きながら見張っていると、見るからに金持ちの娘がひとりで稲荷へやってきた。

揃いで色違いの簪を髪に挿し、落ちていた簪を大切そうに拾った。

娘の素性はすぐに知れた。大店の一人娘で、始末した侍は許婚だった。男を取り合っていた筈の娘と実は仲がいいことも、分かった。

それからすぐに、侮れない十手持ちが抜かりなく見張りの差配を始め、稲荷と料理屋、二人の娘の周りが、探りづらくなった。

それでも、分かることはあった。

「大貫屋」には、十重二十重に見張りが配されている。一方で「立川屋」は、少しばかり手薄だ。

稲荷に簪を探しに来た「大貫屋」の娘が狙われると踏んでのことだろう。

だが、その娘が揃いの簪を挿していたことは、しっかり確かめている。

つまり、あの日、侍と共に稲荷にいて、簪を落としたのは「立川屋」の娘の方。

我ながらいい読みだと、町方を出し抜ける心地よさに浸った。

二人は、喧嘩の振りをし、見張りの連中の気を逸らす。

一人は、周りを見張る。

自分と残る二人で、娘を攫い、人気のないところで始末する。

そう、手筈も決めた。

夕暮れ時を待って「立川屋」の小僧に銭を握らせ、「『大貫屋』のお嬢さんが、こっそり、すぐに会いたい」と言っていると、娘を呼び出させた。

勝手口から出てきた「立川屋」の娘へ後ろから近づき、口を塞ごうと伸ばした手を、隻眼の男に捻り上げられた。

痛みに身体を折った目の端に、二人の仲間が、生白いひょろりとした総髪を首の後ろで括った男に、一度ずつの拳であっけなく伸されたのが映った。

腕に覚えのある筈の自分達が、いかにも堅気の男二人にあっさり負けた。

こいつら、只者じゃない。

何よりうすら寒かったのが、「立川屋」の娘と自分達の間で、退屈そうにしている二匹の猫だ。

どちらも、酷く綺麗な縞三毛で、ひと回り大きい方が榛色の瞳を、小さい方が金の瞳を、ひたと自分に向けていた。

腹の内側まで見透かされた挙句、手応えのない人間だと見下されている心地に、肌が粟立った。

見張りの差配をしていた実直そうな十手持ちが、見張りと、喧嘩の振りをする手筈だった仲間を縛り上げてやってきた。

やられた。

すっかり歯向かう気が失せたところへ、どこに居たのか、黒巻羽織の同心が、役者めいた大仰な身振りで出てきた。

「こっちを敢えて手薄にしてた訳じゃあねぇよ。そう見えるように、手練れを選りすぐって置いただけだ。どうだい、ここまで見事に罠に嵌ると、いっそ清々しいだろう」

生白い男が、げんなりとなで肩を更に落としてぼやいた。

「今まで逃げてたお人が、胸を張って言うこっちゃあ、ないでしょうに」

何故かそこで、黒巻羽織の侍が、更にふんぞり返った。

「俺の出番は、大団円って決まってるんだ」

隻眼の男が、首を傾げた。

「旦那は、逃げてたんですか」

「やっとう、立ち回りは、猫屋がやりてぇって——」

同心の言葉に被せるように、生白男が言い切る。

「ええ、逃げたんです」

「なるほど」

「せめて、『任せてる』くらいにしといてくれ」

やいやいと、下らない遣り取りをしている三人を、実直な十手持ちが、父親がやんちゃな息子を見るような目で見ている。

ふいに、訳の分からない理不尽さを感じた。

こんなふざけた連中に、してやられたこと。

滅法強い堅気に、出くわしたこと。それも一遍に二人。

それもこれも、いきなり一味が失くなったせいだ。

きっと、顔も知らない御頭が、気まぐれで一味を畳んだに決まっている。

この一味を束ねていた男は、心に決めた。

たとえお縄になっても、「鯰一味」の名は出さない。御頭の名を汚すことはしない。

そう思っていたが、止めた。

番屋へ連れていかれたら、言ってやる。

自分達は、「鯰一味」だった、と。

「初めて縄目を受けた『鯰一味』」になってやるんだ。

*

おえよは、かすり傷ひとつなく、無事だった。攫われかけたと聞かされても、落ち着いたものだった。

『平八親分が、何があっても、私には指一本触れさせないと、言って下さったので』だそうだ。

驚いたことに、お縄になった一味は、元は「鯰一味」にいたのだという。

頭目の甚右衛門は勿論、下っ端に至るまで、誰ひとり捕えられた者のいない、手練れ揃いだと噂の一味。

その下っ端とはいえ、初めてお縄にしたのだ。

掛井の大手柄に、周りは沸きたった。祝う者、からかう者、やっかむ者、様々入り乱れる中で、とうの掛井は涼しげな顔をしていたと、拾楽は平八から聞かされた。

大手柄はとりたてて嬉しくもないが、そのお蔭で今まで以上に勝手に動けそうなのは、有難いから。

そう言って、掛井は礼の角樽を持って、英徳の診療所を訪ねた。

礼をするのは勝手だが、何も拾楽を引っ張っていくことはないだろうに。

しかも掛井は、後始末――「大貫屋」と「立川屋」を安心させたり、二キの隠居に顛末を伝えに行ったり、ということだろう――が残っているから、と拾楽を置き去りに、さっさと帰ってしまった。

「呑みませんか」と誘われ、拾楽は乗ることにした。

色々、確かめたいことがあったのだ。

冷奴とたくあんを肴に、盃を一度ずつ空けたところで、拾楽から切り出した。

「手下を、売ってよかったんですか」

拾楽の問いに、英徳があっさり答える。

「あれは、手下ではありませんよ。私は、鯰ではない」

涼しい顔で言い切ってから、少し気が向いた、という顔をして、英徳は続けた。

「鯰なら、こう言ったでしょう。鯰の手下が初めてお縄になったという瑕がつくよりも、頭の言いつけを守らず、間抜けなしくじりを繰り返す手下をのさばらせておく方が、我慢ならない、ってね」

「なるほど、得心しました。鯰は寝てますから」

「仕方ありません。ですが、どうにも遣り取りが、面倒臭い」

「寝た。本当に、寝たのでしょうか」

英徳は、答えない。

「狸寝入り（たぬきねい）りでは」

くすりと、英徳が笑った。

「鯰の狸寝入りですか。拾さんは面白いことを言う」

「そもそも、なぜ、鯰がこんなところで医者をやっているんですか。どうしてあたしや、二キのご隠居、旦那に関わってくるんです」

「話せば、鯰が寝たことを、拾さんは信じてくれますか」

「聞いてみないと分かりません」

ふう、と英徳は軽く息を吐き、「いいでしょう」と頷いた。

＊

大きな災厄の始まりは、大抵が小さな綻びから始まるものだ。

又三が役人に殺され、英徳——甚右衛門が右目を喪い入牢の憂き目に遭った「始まりの綻び」は、間の悪さがいくつか重なった押し込みだった。

一味を率いていた時から、名こそ「杉野英徳」ではなかったものの、甚右衛門は愛宕山で町医者の面を被り、堅気に溶け込んで暮らしていた。

長崎の蘭方医だった父の、見様見真似で身につけた医術だったが、それでも十分通用した。勿論、盗みと盗みの間の暇に飽かせて、医術の腕を磨いた。とりわけ、薬や毒づくりは面白かったし、押し込みの時にも役に立っていた。

そんな甚右衛門の貌、素性を知る者はごく僅かだ。

一味の中では、右腕の又三と、甚右衛門が選りすぐり、側に置いている手練れ「三人衆」の四人のみである。

丁寧な仕込みを施し、十分な備えをし、いよいよ大仕事の仕上げ——押し込みだ、という矢先、性質の悪い流行り風邪で、手下が幾人か死んだ。皆下っ端ではあったが、「鯰の一味」の手口を知り尽くした、使える奴ばかりだった。

一方で、押し込み先に潜り込ませていた引き込み役は、目立たぬよう振舞いながらいい仕事をしていたが、そろそろ引き揚げ時だった。

店の者だけでなく、界隈の住人や出入りの物売り、顔なじみが増えれば、時が経っても覚えている奴が出てくる。

安心して使える手駒は足りないが、のんびりと構えている訳にもいかない。

狙った獲物は、諦めるには大物すぎた。

蔵に唸る金子のことだけではない。相手は、腕利きの用心棒を揃えている回船問屋で、名の通った一味でさえ、押し込みをしくじり続けている大店だ。

甚右衛門の腕が鳴った。

ここで引いたことが同業に知れ、「鯰」の手にも余ったかと噂されるのも、辛抱がならなかった。

だから、要領がよく目端も利く新入りをひとり下っ端に加えて、押し込むことにした。盗み出したものを持たせるだけでも、足しになるだろう。

甚右衛門自らが調合した眠り薬を、引き込み役に指図をし、押し込み先の夕飯に仕込ませた。用心棒達の酒、勝手の水甕にも、抜かりなく。

すぐには効かぬから、一服盛られたことに気づく者はほとんどいない。一方で、一度眠りに落ちれば余程のことがない限り、目を覚ますこともない。

効きの遅さと、眠りの深さ。いい塩梅の調合を見つけるには、大層苦心したのだ。

甚右衛門の眠り薬は、いつも通りよく効いた。

母の乳しか口にしない赤子が起きて泣き出すことも、織り込み済みだった。

赤子が泣いても、店の者は眠りこけている。

隣近所が聞きとがめても、赤子は泣くものだ。誰も気にも留めない。

なのに、件の新入りが、慌てた。

要領がよく、頭の巡りも体の動きも素早いことが、災いした。

懐から匕首を出し、赤子の口を封じようとした。恐らくは、咄嗟の動きだったのだろう。

甚右衛門が目配せをするまでもなく、又三が、新入りを止めた。

無駄で無粋な仕事を、鯰は嫌っていた。

盗み然り、殺生然り。

乳飲み子を刃で黙らせようとするなぞ、無粋の極みだ。

だがそれは、恐らく、身体が勝手に動いただけだったろう、新入りを始末することも、同じ様に無粋だ。

この下っ端、どこで消すか。そんな剣呑な目をしている右腕を目で諫めておいて、甚右衛門は激しく泣く赤子を抱き上げた。

赤子は、途端にぴたりと泣き止み、上機嫌で笑い出した。

随分、変わり身が早い。赤子とはそういうものなのか。

赤子や童に縁遠かった甚右衛門には、目新しく面白い「生き物」に見えた。

甚右衛門は「赤子には何もできない」と高を括っていたし、赤子は意志を持っていい、そうしたわけではない。

そこに、髪の毛一筋ほどの隙が生じた。

きゃっきゃっ、と笑った赤子の小さな手が、甚右衛門の鼻から下を覆っていた闇色の手ぬぐいを摑んだ。

甚右衛門の鼻と口が、束の間、露わになった。

すぐに、甚右衛門は顔を覆い直したし、新入りは又三に叱られ、項垂れてしょげかえっていた。

大事ではない。

下手に口止めをしては、藪蛇になりかねない。

甚右衛門も又三も、同じように考えた。

そんな、小さな騒ぎはあったものの、回船問屋への押し込みもつつがなく終えた数日後のことである。

古株の下っ端が、血相を変えて又三を訪ねてきた。

本当なら、もっと大きな役目を任せてもいいのだが、「侮り易い男」の芝居が巧いので、下っ端達を見張らせている。侮っている者の前では、人は腹に抱えている目論見や本音を、うっかり漏らしたり、優位に立とうと墓穴を掘ったりし易い。

その古株が又三に告げたのは、件の新入りのことだ。

新入りは、声を潜めて古株の男に自慢をしてきたのだという。

『俺ぁ、御頭のお顔を知ってるんだ。それだけじゃねぇ。聞いて驚くなよ。普段は、愛宕山で医者をなさってるんだぜ。どうだい、こんなすげぇこと、兄いは知らねぇだろ』

又三から知らせを受けた甚右衛門は、すぐに動いた。

生かしてはおけない。

顔を知られたからではない。「頭の顔を知っても無事でいられる」と侮られるのが、拙いのだ。

一味の箍を緩めてはならない。それは破滅へと真っ直ぐに繋がる。

新入りを葬ることには、微塵程の痛痒も感じなかった。

「鯰一味」の掟は、散々聞かされたはず。それでも「阿呆」を直さないのが、悪いのだ。

新入りを葬ったのは、又三だった。

そこを、探索で托鉢僧に身を窶していた掛井十四郎に、見られた。

又三にしては、考えられないしくじりだったが、相手が悪かったとも言える。

自分が医者になり切るように、掛井もまた、役者に劣らぬ気の入れようで「托鉢僧」に扮していた。すれ違った托鉢僧が、八丁堀だとは夢にも思わなかったそうだ。

すれ違いざまに又三の微かな殺気を感じ取ったか、それともただの勘かは分からぬが、掛井は又三を追った。

掛井が手下を連れていなかったのが幸いして、又三はその場はなんとか逃げおおせたが、追手が掛かった。

又三の人相は掛井の証言によって瓜二つに描き取られ、出回った。

追い詰められ、捕り方に深手を負わされた又三を、甚右衛門は愛宕山の診療所へ匿い、手当てをした。

頭目の又三への思い入れというより、医者としての信念が甚右衛門をそうさせた。

誰にも気づかれなかったはずだった。甚右衛門自ら、又三の足取りを消したのだから。

だが、臨時廻同心にして深川の主、菊池喜左衛門に消した筈の足取りを摑まれた。

診療所へ踏み込んだ捕り方に対し、手負いの又三は、甚右衛門を巻き込まぬためだろう、甚右衛門を人質にとる真似をした。

派手な立ち回りになった。

しぶとく歯向かう又三に業を煮やした同心が、刀を抜いた。

甚右衛門は、丸腰で又三を背に庇った。

「この診療所を営む医者」なら、そうしていた筈だ。

甚右衛門であれば、容易く止められた刃を、「剣術に心得のない医者」は、その身で受けた。

右目は喪ったが、町方には、又三と巻き込まれた医者が「鯰一味の右腕と頭目」だとは知られずに済んだ。

その場に深川の主や掛井がいたら、どうなっていたかは分からないが。

又三は、手負いの大立ち回りが元で、命を落とした。

甚右衛門は、捕り物の邪魔をした咎で、縄目を受けた。面白半分で集めていた、公儀を揶揄する読み物も災いした。

とはいえ、押し込まれ、質にとられ、挙句、同心の刃で右目を喪っている。患者を守ろうとするのは、医者として見上げた振る舞いでもある。

そういう咎人に、どれほどの情けを掛ければいいか。裁きが決まるまでには、時が掛かるようだった。

その間に、甚右衛門は小伝馬町の牢を掌握した。容易いことだった。

罪人共には、己の生き死にの行方を医者が握っていることを分からせた。

牢役人には、外にいる手下と繋ぎを取って、弱みを探らせた。

その足掛かりさえあれば、「鯰の甚右衛門」にとって、牢ひとつ好きにすることは、赤子の手を捻るよりも容易かった。

又三を捕えた役人共は、「三人衆」に始末させた。ある者は、密かに命を奪い、ある者は役を追われるように仕向けた。

ただ、事の始まりとなった掛井と、甚右衛門を見事に出し抜いた深川の主には、手を出すなと厳命した。

奴らは、自分が仕留めた。

牢内を小綺麗に整えさせ、飯も好きなものを食える。屋敷の内なら牢の外へ出て日に当たることも思いのまま。居心地のいい牢で、目の傷が癒え、片目で見ることに慣れるまで、ゆるりと過ごした。

元々、飽きが来ていた盗人稼業だ。又三を喪ったのはいい戒めだから、暫くは堅気の振りをして暮らす。その間に、又三の後釜を見つけ、甚右衛門の側へ引き入れればいい。

前々から、面白い一人働きの盗人がいると噂に聞き、気になっていたのだ。

外の支度が全て整ったと報せを受け、隻眼の医者は牢内で死んだことにさせて、甚右衛門は牢から出た。

新たな名は、杉野英徳とした。

＊

英徳が言葉を切ると、張り詰めた静けさが訪れた。

いや、張り詰めているのは、拾楽ひとりかもしれない。少なくとも英徳は表向き、のほほんと構えている。

拾楽は、ひんやりと訊ねた。

「何が、目当てですか」

ううん、と英徳が爽やかな顔で、唸った。

「鯰の目当てを話すと、拾さんに嫌われてしまいそうで」

咄嗟に、「おかしなことを」と吐き捨てる。

「どうして、あたしに構うんですか。一体、何を企んでるんです」

企むなんて、酷いなあ、と哀し気にぼやいてから、英徳は笑った。

いつもなら、この辺りで「鯰の甚右衛門」が顔を出すのだが、今日はどこまでも、清廉な医者の佇まいだ。

英徳は、ふむ、と頷いて切り出した。

「お話しする前に、知っておいて頂きたいことがあります」

視線で先を促せば、英徳は少し悪戯な笑みを浮かべ、さらりと告げた。

「鯰には、当分眠っていて貰うことにしました。起こす時には、『杉野英徳』が拾さんにお伝えしますよ」

「それを、あたしに信じろと」

「鯰が、鯰の二つ名に懸けて、そう決めた。これならどうです」

拾楽は、ぐ、と息を呑んだ。

盗人の頭目が、その二つ名に懸ける。

素人ならともかく、それを疑う盗人は、恐らくいない。いや、疑えないと言った方が正しい。

掏摸だろうが、悪辣な押し込み一味だろうが、盗人の矜持を持っている。

二つ名を持つ者程矜持は大きく、二つ名にこそ、その矜持が詰まっている。

それは、「黒ひょっとこ」を名乗っていた拾楽も同じで、二つ名に懸けたものを疑うのは、自らの矜持を疑うのと同じことだ。

それは、盗人稼業から足を洗った今でも、拾楽の芯に変わらず根付いていた。

現に英徳は、全くの他人事として「鯰の甚右衛門」を語っている。

手の内でいい様に踊らされている気がしないでもないが、仕方ない。

拾楽は、一度眼を閉じてから、英徳を見た。「蘭方医、杉野英徳」として。

「分かりました。伺いましょう」

拾楽の言葉に、英徳が嬉しそうに笑った。

「先ほどお話しした通り、鯰は思わぬことで捕まりましたが、正体を知られることはないまま、小伝馬町を出た。それでも、出し抜かれ、縄目を受けたことは、許しがたい恥辱だ。自分を守って死んだ又三の仇も取ってやらなければならない。ニキのご隠居と掛井の旦那は、鯰自ら手を下すつもりだった。つい、先日まではね」

厭な汗が滲む掌を、拾楽は握りしめた。英徳は、滑らかに続けた。

「ところが、又三の奴は、あの世へ足を踏み入れた拍子に頭でも打ったのか、下らない悋気なんぞを起こした。鯰が何より嫌うのは、手下の悋気、寵の競い合い。それを一番承知していた右腕が、だ。これは、町方に上手を行かれたことより、縄目を受けたことより、許しがたい」

ぞっとする言葉のどこにも、鯰の甚右衛門が抱いたろう憤怒は、感じられない。

それでも、拾楽は心から又三を憐れんだ。

そこでね、と謳うように英徳が語る。

「鯰は、考えたんです。その右腕の仇だった連中を助けてやろう。まるで、身内の様に親しく付き合ってやろう。それが、又三への何よりの仕置きになる。又三をこの世に縛り付けているものは、鯰への執着ですからね。鯰に一番近しい者は、自分だという傲りを、ずたずたに引き裂いてやるのが、何よりこたえるでしょう。本当は、鯰自ら手を下したかったんですが、鯰のままではサバの大将に信用して貰えなかったので、仕方なしに英徳に肩代わりをさせることにした、と。まあ、そういう訳です。まったく、子分想いのいい『大将』だ」

つまり、取り敢えず甚右衛門が矛(ほこ)を収めてくれたのは、サバのお蔭らしい。

もう、拾楽自身も殆ど飼い主ではなく「サバの子分」のつもりではいるのだが、それでもこんな風に猫に庇われるとは、少し情けない気分だ。

「得心して貰えましたか」

英徳に訊かれ、拾楽は顔を顰めた。

又三の執着も、その執着を裏切りだと断じる鯰の憤怒も、一人働きだった拾楽には分からない。どちらの想いも、その歪み様に、ぞっとするだけだ。

ふと、拾楽の心に、おはまの笑顔が過った。

自分は、決してこんな歪んだ執着を、おはまには抱かない。それは、おはまの笑顔を曇らせることになるから。

英徳が、可笑(おか)しそうに声を上げた。

「あ、拾さん、今、おはまさんのことを考えたでしょう」

拾楽は、狼狽えた。

「何を、言ってるんです」

誤魔化(ごまか)したつもりの声が、みっともなくひっくり返る。

にやにやと笑っていた英徳が、ふと遠い目をした。

「そうですね。鯰と右腕の有り様は、色恋のもつれに似ているかもしれません」

少し照れくさくなって、拾楽は話を逸らした。

「そこに、あたしが関わってくるのが分かりません」

英徳が、目を瞠った。

「おや、拾さんが、一番の肝なのに」

「何ですって」

ふふん、と英徳が笑った。

「鯰は、下手を打った一味を一度壊すことにしたんですよ。じっくり、時を掛けて新たに作り直そうと。そして、喪った又三の代わり、新たな右腕として白羽の矢を立てたのが、拾さんだった。拾さんに鯰が近づいたのも、性質の悪い悪戯、つまり長屋の皆さんに一服盛ったあれも、そういうことです」

一気に、肌が粟立った。顔色を変えず聞き流すのに、酷く骨を折る。

拾楽の焦りも、やせ我慢も気づいている筈なのに、英徳は知らぬ顔で話を続ける。

「ですが、鯰は休業に入りました。まあ、身も蓋もない言い方をしてしまえば、拾さんに関しては、又三の仕置きに加えて、『堅気』として付き合う方が面白いことが多そうだ、ってことです。ですので、右腕うんぬんは、ないこととして貰って構いません。そもそも、鯰は一念に凝り固まることを良しとしていませんから、一味の再興も、気が向いた折にのんびり手掛けるつもりだったんですよ」

「そう、ですか」

拾楽は、辛うじて応じた。

どう突き詰めても、自分とは相容れない考え様、心のあり様だ。

忘れていた、とでもいうような軽い物言いで、英徳が言い添える。

「鯰の初めの目論見も含めたこの話、一キのご隠居と掛井の旦那のお耳に入れても、一向に構いませんよ。ただ、それでお二人が私に対して余計な真似をするようなら、寝た鯰を起こすことにはなると思いますが」

どこまでも爽やかに、他人事として伝えられた言葉。

ぐ、と拾楽は喉を鳴らした。大層太い釘を刺されてしまった。

そして、考える。

そもそも、ご隠居は英徳の正体を知っている。掛井もまた、元々胡散臭いと思っていただろうところに、更にこの一件で拾楽の元同業、それも結構な「大物」だと、気づいた。

そして二人なら、大物の盗人が、只の気まぐれだけで自分達役人に近づいたのではないことくらい、気づいている。

この際だ。引っかかっていたことを確かめさせて貰おう。

拾楽は切り出した。

「ひとつ、伺っても」

「何でしょう」

「鯰の手下が、『立川屋』のお嬢さん、おえよさんの口を封じようとしていたことも、連中の新しい塒も、先生は、又三さんとやらに聞かされたのではなく、元々摑んでいた。違いますか」

英徳は、あっさり頷いた。

「鯰が稲荷へ行った時、うろちょろしていた阿呆共に気づきましたからね。何を考えているのかは、察しがつきましたし、塒にしそうな場所も心当たりがあった」

「又三さんが先生を訪ねた途端、その『阿呆共』を掛井の旦那に売ることにしたのは、『鯰』を眠らせたから。杉野英徳先生なら、迷いなくおえよさんを助けるから、ということでしょうか」

蘭方医は、涼やかな笑みを浮かべ、答えた。

「御明察」

拾楽は、ゆっくりと時をかけて、息を吐き出した。

だとしたらここは、おえよの為にも、佳苗や、何よりおはまのためにも、「鯰」が眠ってくれて有難いと、素直に信じることにしよう。掛井や二キの隠居へ、「鯰」の目論見を伝えて二人の身を危うくさせては、元も子もない。

拾楽は、告げた。

「ご隠居や掛井の旦那が、自分で探り当てるかどうかまでは、知ったこっちゃありませんよ」

「勿論です」

「分かりました。杉野英徳先生」

英徳が、隻眼を煌(きら)めかせて言った。

「では、安心して私を皆さんの仲間に入れて下さい」

これには、即座に返事が口からこぼれ落ちた。

「御免蒙(こうむ)ります。大体、仲間って、なんです。そんなものありゃしませんよ」

英徳が、左の眉尻(まゆじり)を、しゅんと下げた。

「つれないなあ」

拾楽は、溜息を堪えた。

早く、長屋へ帰ろう。

そうして、おてるに叱られて、サバに爪を立てられ、与六と貫八にからかわれ、豊山や蓑吉、涼太に愚痴を聞いて貰う。それから、さくらと遊んで仕事をして、夕暮れ時には、井戸端で清吉から行商の土産話を聞きながら、働きに出る利助おきね夫婦を、おみつや市松と一緒に、見送る。夕飯には、おはまが飛び切りの笑顔で菜を持ってきてくれるだろう。

今日ぐらいは、男連中の「井戸端呑み」にも喜んで付き合う。

夜には、きっと、サバもさくらも、酒臭いと嫌がりながら、拾楽の近くで丸くなるだろう。

二匹の静かな寝息を聞きながらよく寝て、明日はいつもの通り、猫達の朝飯時に目を覚ます。

そうすれば、英徳から聞いた不穏な話は、ただの噂話と同じになる。

今朝、出てきたばかりの「鯖猫長屋」が、拾楽は無性に恋しかった。

本書は、書き下ろし作品です。

著者紹介

田牧大和（たまき　やまと）

東京都生まれ。2007年、「色には出でじ、風に牽牛」（刊行時に『花合せ』に改題）で小説現代長編新人賞を受賞してデビュー。
著書に、「鯖猫長屋ふしぎ草紙」「濱次お役者双六」「藍千堂菓子噺」「其角と一蝶」「錠前破り、銀太」「縁切寺お助け帖」の各シリーズ、『陰陽師 阿部雨堂』『恋糸ほぐし』『紅きゆめみし』『大福三つ巴 宝来堂うまいもん番付』『古道具おもかげ屋』などがある。

PHP文芸文庫　鯖猫長屋ふしぎ草紙（十）

2022年8月17日　第1版第1刷

著　者	田　牧　大　和
発行者	永　田　貴　之
発行所	株式会社PHP研究所

東京本部　〒135-8137 江東区豊洲5-6-52
第三制作部　☎03-3520-9620（編集）
普及部　☎03-3520-9630（販売）
京都本部　〒601-8411 京都市南区西九条北ノ内町11

PHP INTERFACE　https://www.php.co.jp/

組　版	朝日メディアインターナショナル株式会社
印刷所	図書印刷株式会社
製本所	東京美術紙工協業組合

ISBN978-4-569-90232-6

PHP文芸文庫

鯖猫長屋ふしぎ草紙（一）〜（九）

田牧大和 著

事件を解決するのは、鯖猫!? わけありな人たちがいっぱいの「鯖猫長屋」で、不可思議な出来事が……。大江戸謎解き人情ばなし。